Claudia Peres

Ursinamente
di Accompagnati, Ospiti e altre specie

Mnamon

Introduzione

"Ognuno la leggerezza la cerca come vuole. L'importante è trovarla, anche se costa fatica". Parola di plantigrado. A pensarci bene, è curioso che proprio esseri fatti pesanti per natura e dotati di possenti unghioni in grado di fare presa sui terreni difficili la desiderino così intensamente da riuscire a sollevarsi da terra con mezzi propri, in un'attività catartica, creativa e – soprattutto – molto piacevole. Ma tant'è, raggiungere quello che si potrebbe definire un certo equilibrio di vita non passa necessariamente per sentieri battuti. Anzi. Hanno un modo tutto loro di risolverlo anche gli altri personaggi che si muovono tra le pagine, creature in grado di pensare, interagire e esprimersi più che adeguatamente anche se dotate di zoccoli, folte pellicce o un magnifico paio di corna dentate. Capaci di intrecciare in modo assolutamente sui generis natura e cultura e di trovarsi sorprendentemente a loro agio nella propria sfera di origine come nella nostra, a dimostrazione di una capacità di adattamento e di un uso di mondo assolutamente invidiabili. In effetti, a cavarsela meno brillantemente sembrerebbero proprio gli umani, spesso troppo sprovveduti o intransigenti, straniti o distratti e con problemi di serena convivenza con il proprio mondo (che peraltro è anche l'unico che frequentano). Per fortuna, a volte capita che le diverse sfere si incontrino, inventando felici grovigli.

Personaggi principali

L'Io Narrante: è bruno e con orecchie tonde. Siede e pensa, ama filosofeggiare ma senza darsi troppo peso. E, soprattutto, cerca di non farsi mai ingombrante. Si divide tra il suo mondo (del quale fa intravedere qualche flash) e quello dell'Accompagnatore umano che segue, protegge e sostiene incondizionatamente. Nella sua vita ci sono quattro punti fissi: i due principi fondamentali della sua specie – il primo, a interpretazione univoca, il secondo multisfaccettato – la ricerca volontaria della leggerezza e un'assoluta venerazione per la pratica del libero arbitrio. Tutto il resto vaga liberamente nello spazio regalando infinite possibilità.

L'Accompagnatore Umano: pensa meglio da seduto, volentieri si presta, ama stare in tana e d'inverno cade in letargo. Negli altri mesi viaggia (quasi sempre in compagnia dell'Io Narrante) e predilige il caldo del Mediterraneo e le isole. Soprattutto l'Isola grande giù nell'Egeo, culmine di convivialità, e l'Isola piccola in mezzo al Mediterraneo, affettuosamente chiamata u schöggiu, dove abita in una casetta color zafferano. Da quando frequenta l'Io Narrante ha acquistato una discreta quanto inaspettata socialità e si è riempito la dimora principale di una bizzarra accolita di personaggi pelosi, pensanti, parlanti e variamente interagenti, sorta di imprevedibile e ingombrante famiglia non programmata. A volte gli capita di scivolare negli spazi vuoti tra i mondi e cedere alla durezza dell'inverno.

Sconvolto: fratello minore dell'Io Narrante, oversize nelle dimensioni e nella creatività che si esprime tutta in cucina, come un vulcano in perenne eruzione. Non si sa mai cosa gli frulla per la testa. Lo spirito partenopeo, ereditato dal padre (che, seguendo un bizzarro percorso di vita, è approdato sull'Isola un po' più grande giù nell'Egeo), gli ha trasmesso un accento inequivocabile e una passione smodata per cozze, patelle e gasteropodi vari, tutti acconciati alla maniera sua.

Nonna: piccola e tonda, dagli occhi neri come puntine di spillo e dardeggianti come tizzoni ardenti. Abile cuciniera di manicaretti come di ricette magiche, vive in un fitto bosco di lecci. Ha un carattere di ferro che non si smentisce mai ma, in fondo in fondo, nasconde anche una punta di miele.

Alce: attempata maliarda dal magnifico paio di corna dentate. Di presunta origine russa, coriacea, snob e indomabile, si è fatta incontrare dall'Accompagnatore umano in un paesino della Bassa Svezia. Si nutre esclusivamente di Krug e Beluga e di avventure roventi con rappresentanti maschi della specie umana che lascia irrimediabilmente sfranti, imbesuiti e inclini ai più folli gesti di generosità. Tranne la volta che dovette pagare in natura...

Aurence Cammello: teenager dalle zampe molli e dalla tonda parlata emiliana, incontrato dall'Accompagnatore umano all'aeroporto di Linate. Nato e cresciuto nel confortante abbraccio della provincia, durante un viaggio a sorpresa nel deserto scopre le sue origini, si rimette a camminare e inizia a coltivare il piacere della scoperta di nuovi orizzonti. Il tutto a partire dalle sue due paia di Doc Martens all terrain in dotazione permanente.

La Signora Hudson: governante di casa con un passato difficile alle spalle, mite e remissiva ma non priva di volontà di riscatto. Secondo il vero spririto del Grand Tour lei, britannica figlia dell'Ottocento, riuscirà finalmente a liberare le sue emozioni in un gesto vernacolare e di sicuro impatto.

Avo Arch Sconvolto e Grigory Arch Sconvolto: gemelli dalla creatività esagerata, uno – accademico e verboso – compositore, etnomusicologo e organizzatore di un seguito Festival Jazz, l'altro – schivo e silenzioso – miniaturista di grande fama.

I gustosi umani che gestiscono la casa fortunata e il giardino delle meraviglie: vivono sull'Isola grande giù nell'Egeo, hanno volontariamente adottato Accompagnatore umano e Io Narrante e, di conseguenza, il resto della loro stravagante famiglia. E adorano la cucina di Sconvolto. La loro, per inciso, è una casa collettiva e aperta a tutti che qualche lettore potrebbe persino riconoscere.

Pterodattylus Airline: la linea area più rumorosa e inaffidabile del mondo, ma anche la più divertente. Meglio portare solo bagaglio a mano. Inaspettatamente, si troverà a svolgere un ruolo di grande responsabilità...

1.

Un mondo, due mondi. A volte si intrecciano

A una data stabilita, ogni sei mesi dei vostri

Shuff, shuff. All'inizio, lungo il viale di rappresentanza che scende lungo la collina e attraversa per intero la nostra Città Di Mezzo, quella non affacciata direttamente sul mare ma con l'eco del sale nell'aria, si sente solo il rumore dei nostri unghioni che scivolano leggermente sui ciottoli. Sono così levigati che è difficile fare presa. Poi, il soffio del nostro respiro. Ci segue lo strusciare morbido ma inflessibile dei mantelli ricamati di fili d'oro e argento e tempestati di gemme colorate che indossiamo.

Gli scettri che impugniamo ci servono più che altro a non perdere l'equilibrio. I mantelli dal lungo strascico, fatti di strati e strati di velluti cangianti, sono davvero pesanti e non ci aiutano i copricapi, turbanti di lunghe strisce di mussolina e raso avvolti in molteplici intrecci, alti coni di damasco ornati da nappe, cappucci inamidati e appuntiti che arrivano quasi a coprire gli occhi, ma con fori dai quali spuntano orecchie tonde. Questi ultimi riservati, naturalmente, agli Uditori, quelli tra di noi che hanno la capacità di ascoltare e interpretare i silenzi. E qui sottolineo di avere volutamente usato il plurale: avete mai sentito due silenzi perfettamente uguali?

Per l'ultima vestizione mi ci sono volute sei ore e l'aiuto di cinque Abbigliatori con relativi valletti. A un certo punto, credevo quasi di cadere all'indietro, se non fosse stato per una specie di turibolo dove bruciamo bastoncini di cannella ai quali sono state aggiunte, all'ultimo momento, una doz-zina di pietre destinate al nuovo lastricato della piazza.

Questa volta, tocca a me guidare la processione. La chia-miamo così per il suo snodarsi lento e per la gravitas – in tutti i sensi – ma la si potrebbe più propriamente definire una sfilata in grande. Le liturgie ridondanti di luci, suoni e colori morbidi ci hanno sempre affascinato, peraltro da un punto di vista squisitamente scenografico. E mai come nel periodo bizantino, cosa che vi spiegherò più tardi.

Oggi sarò io a intonare la prima strofa del canto ursino, al quale si aggiungeranno, in un ordine prestabilito, le al-tri voci. Dopo aver riempito ogni piazza e ogni angolo di strada, le nostre polifonie inizieranno a salire verso il cielo. A volte, e senza ordine prestabilito, accompagnate da qual-cuno di noi in atto di levitazione improvvisa. Gli orsi che assistono alla sfilata sanno che può accadere, ma gli umani rimangono quasi sempre annichiliti dallo stupore. Strane creature, lo sappiamo, e restie a staccarsi dalla terra con i propri mezzi.

La levitazione è solo una delle sorprese che si possono in-contrare in uno dei nostri Open Day – che ricorrono gros-so modo ogni sei mesi del vostro calendario – quando nel-la Città possono entrare anche umani non accompagnati, mentre gli Accompagnatori da almeno cinque anni hanno diritto a un invito permanente e possono andare e venire a piacimento. Ursinamente, diamo il nostro benvenuto a tut-ti, non chiedendo altro che un comportamento decoroso e la rinuncia a scattare fotografie o filmare. La memoria è l'unica pellicola che ammettiamo.

In ogni caso, un piccolo accorgimento messo a punto dagli Orsi di Scienza metterebbe subito fuori uso tutte le macchine all'interno della Città. Per noi, però, offrire la possibilità di una rinuncia volontaria è un dovuto omaggio al principio del libero arbitrio, per il quale nutriamo un profondo rispetto.

Comprendo la vostra umana perplessità su questo bando: si tratta senza dubbio di una misura drastica e quindi scarsamente ursina, ma davvero non se ne poteva fare a meno. Non tanto per la possibilità che vengano divulgati i nostri segreti, quanto perché non riusciamo a sopportare l'idea che i visitatori, una volta tornati a casa, sottopongano amici e conoscenti a una visione coatta delle loro sciatte istantanee. C'è un limite anche per noi orsi, e per nessuna ragione vorremmo sentirci complici di reati contro il senso estetico.

A volte, quando osserviamo le mise di alcuni umani che si presentano alle porte della città – una collezione di improbabili accozzaglie, perfide disarmonie e reiterate nequizie – sentiamo un brivido rattrapirci il pelo e far seccare i gelsomini nelle orecchie degli Accompagnati. Ci figuriamo che cosa potrebbe uscire dai loro obiettivi superelettronici abbandonati allo stato brado e riteniamo nostro preciso dovere morale limitare l'altrui sofferenza. Anche questo è leggerezza. Ursinamente, non ci aspettiamo nessuna riconoscenza. Shuff, shuff.

***

La sfilata si ferma in diversi punti prestabiliti. Prima, davanti al vasto edificio dalla cupola rivestita di mosaici, con grafismi al neon all'esterno, dove scorre – visibile a chi vuole – la striscia con i nostri due principi fondamentali (*1. Ursinamente mi presto, 2. C'è un limite anche per noi orsi*) e scene figurative su fondo di oro zecchino all'interno. Lì, alla luce che filtra dalle vetrate colorate, lavorano gli Orsi Miniaturisti.

Riconoscerli è facile: hanno la punta di una zampa e la lingua come un arcobaleno, per via della loro abitudine di girare le pagine ancora fresche di colore. Caratteristica resa ancora più evidente dagli effetti della slurpata approvativa, criterio ultimo del giudizio su un'opera finita. Una sorta di imprimatur, invisibile a occhio umano o non allenato, sull'angolo in alto a destra (se applicabile).

Per noi la libertà di sperimentazione artistica è un diritto inalienabile: per questo nello stesso spazio lavorano astrattisti, impressionisti, fauve, orientalisti, body painters, video artists e così via. Anche se, numericamente, a prevalere è il gruppo più tradizionale – quello dei bizantini.

A pensarci bene, la cosa ha una sua logica. La nostra Città di Mezzo fu costruita proprio in quel periodo che – in termini umani – corrisponde grosso modo all'epoca bizantina. Allora gran parte della nostra architettura, urbanistica e espressioni artistiche avevano in apparenza molto in comune con quelle di voi umani, come la nostra passione per chiose, postille e disquisizioni tanto sottili da confondersi con veli di cipolla. Che però, nel nostro caso, non ci portarono mai a clamorosi scismi e drammatici sconvolgimenti epocali ma ci regalarono un prezioso patrimonio di giochi da salotto con i quali riempiamo ancora oggi le lunghe notti invernali.

Allora, come in altri periodi, attraversavamo una particolare fase di compenetrazione con la sfera umana, erroneamente scambiata da alcuni critici come pedissequa copiatura. Per questo all'entrata del laboratorio dei Miniaturisti scorre una scritta elettronica, frutto di una collaborazione tra artisti d'avanguardia, umani e ursini, che riporta una nota (per noi) frase del famoso (per noi) pensatore ursino tardo bizantino Arkturus da Mistra, tradotta in linguaggio contemporaneo. *"Il mondo degli umani ci appare caratterizzato da un'insita pesantezza & dalla sua affannosa e insistita ricerca. Come una sfera dall'immane zavorra perennemente ancorata a un gigantesco buco nero. Noi orsi, che il senso della pesantezza lo portiamo iscritto nei nostri corpi massicci, desideriamo tanto la leggerezza da riuscire a levitare. Così, provocando una variazione del peso specifico del nostro mondo, gli regaliamo uno stato di libera fluttuazione. Ecco perché la nostra sfera che di solito si trova un po' più in qua o un po' più in là di quella umana, a volte – e per periodi più o meno lunghi – le si avvicina fino a toccarla, intersecarla e compenetrarla, in una specie di osmosi cosmica."*

Questo spiega – pur se non del tutto – la nostra lunga frequentazione del genere umano. Che ha avuto come conseguenza anche un'alta incidenza di unioni miste, fenomeno più diffuso di quanto non si pensi che vi inviterei a prendere in seria considerazione.

Tornando al nostro Open Day, in previsione di una comprensibile difficoltà umana nell'elaborare la citazione, anche a causa della sua lunghezza, il secondo atrio del laboratorio dei miniaturisti ne riporta un'altra, attribuita a Bjorn Erikson-Watts, noto (per noi) pensatore ursino dell'epoca dell'Illuminismo Acceso. Un drastico, egualitario e incoraggiante *"Siamo tutti plantigradi"*. A quel punto, si vedono diversi umani guardarsi con aria smarrita, mormorando "Planti che?" A loro disposizione esistono tabelloni esplicativi in diverse lingue.

Dopo una sosta dai Miniaturisti la sfilata riprende fino alla prossima tappa. Il nostro coro ormai copre completamente il rumore proveniente dall'altro laboratorio, dove gli Orsi Scalpellini incidono la nostra storia su tavolette di gesso, nello stile che più aggrada a ognuno di loro. Vedendoli al lavoro, è impossibile capire di che varietà e di che colore siano: alla fine della giornata tutti si ritrovano completamente bianchi, a parte occhi nerissimi e dardeggianti. Allora, a piccoli gruppi, migrano nell'uliveto dove raccolgono i rami più frondosi e iniziano a spazzettarsi con cura, chi da solo, chi facendosi aiutare, fino a tornare al naturale.

Infine, ci sono le stanze aperte al pubblico solo durante gli Open Days dove, prima o poi – refettorio a parte – passano tutti gli orsi, compresi Cenacolari, Ancoriti, Stiliti,

Contemplativi, Adusi di Mondo, e le Orsatte Rotanti, originarie dell'Anatolia e vestite con ampie gonne colorate. Le accompagnano i seguaci del Pensiero Colto in Fragrante, che cospargono ogni cosa di rosmarino, salvia e mirto (e che spesso gli umani scambiano per Cucinieri). È nostra consuetudine regalare i rametti profumati agli umani in visita. Che poi, ne possono fare l'uso che credono. Ursinamente, noi ci prestiamo.

L'indomani, un giorno qualunque dei nostri

Dopo ogni Open Day, la calma torna nella nostra Città di Mezzo. Il frinire delle cicale riempie nuovamente la collina, inframmezzato dal picchiettio degli Orsi Scalpellini che incidono sulle loro tavolette scene dal giorno precedente. A volte si riesce anche a distinguere il fruscio dei Poeti, che misurano le loro rime con i rametti aromatici presi in prestito dai Cucinieri. E l'esile stropiccio delle carte veline dove mantelli e copricapi vengono avvolti con cura prima di essere legati con cordoni di seta dai colori attentamente scelti e riposti nei bauli profumati da bastoncini di cannella e spezie rare. Sono i giorni più pieni per i Lucidatori e i loro numerosi aiutanti che hanno un gran da fare a spolverare e far brillare scettri, turiboli e ogni singolo ciottolo del viale di rappresentanza.

Per alcuni di noi orsi è arrivato il momento di scendere (o arrampicarci, tuffarci o altro, a seconda di dove si trova) nella vostra sfera. Dove, come consuetudine, scegliamo di presentarci *nature*. Per questo, è possibile che alcuni degli umani che mi hanno visto nel ruolo ufficiale alla testa della processione, non mi riconoscano.

Eppure, sono sempre io. Di preferenza mi troverete nella mia abituale posizione seduta (esattamente come sono nato), secondo me la migliore per pensare. Di solito, mi si dice che di fronte sembro un giovane orso incuriosito e, di profilo, un vecchio orso saggio. Sarà... Passo per un imperscrutabile perché gli occhi sono affondati nel folto pelo bruno, leggermente acceso di rosso e strinato di argento sulle punte, e appena visibili. Anzi, a guardarmi bene, non mi si distingue chiaramente neppure la bocca. Il che mi permette di osservare e pensare, senza mai – o quasi – mettere una parola fuori posto.

La statura e il peso sono abbastanza entro la norma per la mia specie, diciamo, un paio di quintalate buone. Ma, nel mondo di voi umani riesco a farmi alto solo una cinquantina di centimetri, sempre da seduto. Perché *Portability is the Thing*, come recita un noto be bop ursino brevemente comparso anche nelle vostre charts, che forse qualcuno di voi ricorderà. Se non altro per il refrain: *Un orso non si rende mai ingombrante.*

Strano ma è cosi, col tempo noi orsi abbiamo acquisito con la nostra cospicua fisicità un rapporto piuttosto disinvolto che ci consente di passare facilmente da una all'altra delle nostre modalità – *full size e portability* – e cambiare dimensione a seconda del caso. Caratteristica molto utile, se non addirittura indispensabile, in molti casi. Ma non sempre risolutiva nel quotidiano interagire con voi umani.

Prendete ad esempio quando ci capita di entrare in un bar a chiedere informazioni. Se siamo in *full size* i vostri simili ci prendono per animali feroci e si danno a gambe levate. Se siamo in *portability* ci scambiano per pupazzi, ci ignorano e si allontanano imbarazzati. O pensano di aver avuto le traveggole.

I più sperimentali, invece, non hanno remore. Nel mio caso, per esempio, non si fanno scrupolo a cacciarmi energicamente le dita nel pelo per mettermi allo scoperto gli occhi. Io, ursinamente, continuo a rimanere seduto e mi presto, soffocando educatamente il ruglio di disapprovazione che sento salire alla gola.

Più di tutti, devo dire, ci piacciono gli umani mezzo e mezzo, quelli che dapprima ci osservano di sottecchi con una evidente diffidenza mista a curiosità e poi, nel corso della conversazione, si sorprendono a voltarsi verso di noi e cercare il nostro sguardo, come a voler sollecitare la nostra opinione. Con alcuni sono nate grandi amicizie, brillanti esempi di riuscita interazione tra specie diverse. E, quando li andiamo a trovare e ci accomodiamo sui loro divani, mai vorremmo sfondarli con la smisurata mole delle nostre terga ursine *full size*.

Vivo accompagnato. E vi spiego cosa vuol dire

In qualunque modalità mi trovi, ovunque io sia, mi segue una scia fragrante che ricorda il profumo che assale dolcemente nelle notti d'estate nei vicoli delle mie isole preferite. Sono i gelsomini che porto nelle orecchie, segno inequivocabile che anch'io vivo Accompagnato. Con questo intendo dire accompagnato a tempo pieno da un umano del quale sono diventato, a tutti gli effetti, Custode (per usare un gergo a voi familiare, anche se noi lo intendiamo in modo del tutto secolare). Se preferite, Orso di Sostegno, o anche, con un'espressione più colloquiale ma sicuramente efficace, Puntello Permanente.

Comunque lo si voglia definire, sempre un ruolo impegnativo che svolgo con fermezza e una plantigrada miscellanea di incrollabile tolleranza, infinita benevolenza e assoluta discrezione. Quest'ultima, dote preziosissima, poiché del nostro umano – e sottolineo, per sua libera scelta – conosciamo anche l'inconfessabile.

È opinione corrente che essendo noi plantigradi così posati, introspettivi e naturalmente inclini a prestarsi, ma anche pronti a assaporare con gusto ogni sorpresa, siamo particolarmente portati a questa particolare forma di accompagnamento. Ma se pensate che sia una regola fissa, mandatela pure all'aria. Un Custode può essere di qualunque specie. Perché, in definitiva, tutto dipende dal tipo di umano, dal suo modo di essere e di comunicare e una solida empatia di base è il solo requisito imprescindibile.

Per esempio, uno degli abbinamenti più riusciti che conosca è quello di un'umana di capa tosta e vista lunga con un muflone del Gennargentu. Certo, la loro abitudine di scalpitare e prendere le cose di corna è al limite del deplorevole e il loro motto, un senza troppe cerimonie muflonamente ti pesto. Ma a volte è proprio quello che serve per infrangere le barriere e aprire un varco verso nuovi orizzonti.

Approfondite ricerche – i cui risultati sono conservati nelle teche delle nostre più importanti biblioteche, disponibili per chiunque di voi sia interessato – andrebbero comunque a evidenziare come lo stato di accompagnamento tenda a polarizzarsi per lo più su quel tipo di umani, per così dire, "fatti tutti a modo loro" che, invece di seguire un percorso esistenziale dritto e ferreo come una rotaia si ritrovano, – in omaggio al principio del libero arbitrio condito con una dose di coraggio e sana incoscienza q.b. – su sentieri pieni di dossi e cunette, piazzole di sosta e di svago, curve, controcurve e deviazioni a sorpresa che possono condurre a orizzonti impensati.

E si sa che le controcurve, in modo particolare, vanno affrontate con la massima attenzione, soprattutto quando il fondo è scivoloso e, a differenza di noi, non si è naturalmente dotati di unghioni in grado di fare presa su terreni difficili.

Vi presento il mio umano

È fatto così: pensa meglio da seduto, volentieri si presta, ama stare in tana e d'inverno cade in letargo. Apparentemente equilibrato, rivela una insopprimibile tendenza a ondivagare con il pensiero e volersi librare leggero sopra la vita, in perenne controtendenza con il principio di realtà. Il che, indubbiamente, costa una certa fatica. Così, il suo abituale aplomb tende a sgretolarsi di fronte all'urgenza del bisogno e al rude assalto della quotidianità. O, per dirla alla nostra maniera, quando le cose vanno contropelo.

Per la maggior parte dei suoi simili questo significa avere poco i piedi per terra e molto la testa fra le nuvole. Ma a noi orsi, fatti i debiti distinguo, ricorda certi nostri modi. Unghioni a tutta presa quando occorre, ma capacità di staccarsi da terra con mezzi propri. E, nonostante la sua aria svagata e a tratti anche un po' stranita, gli riconosciamo doti di tenace e rigoroso materializzatore di sogni, che custodiamo per lui, insieme alla sue risorse più preziose, quando rischia di perderli scivolando nei buchi neri dell'esistenza. Vegliamo amorevolmente su di lui e ci piace averlo ospite nella nostra sfera. Perché, come diciamo noi, se l'uso di mondo aiuta sempre nella vita, l'uso di mondi è ancora meglio.

Dei nostri viaggi, da soli o in accompagnamento

A qualunque specie apparteniamo, noi Accompagnati con i nostri umani dividiamo tutto: casa, pensieri, emozioni, amicizie e se, come il mio, sono itineranti anche i viaggi. Da esperto itinerante (poiché mi sposto indifferentemente nella sfera ursina e in quella umana) devo dire che anche il mio lo è, in modo tutto suo. Tanto che non sono ancora riuscito a stabilire con certezza se sia più un nomade stanziale o uno stanziale nomade.

A parte i suoi viaggi di piacere e di lavoro, dopo un paio di mesi passati nello stesso posto, se così posso esprimermi, mi si immalinconisce e inizia a ricompattare la valigia per la casa di turno tra quelle – debitamente acquisite o putative – che nel corso del tempo e nella sua considerevole fortuna esistenziale è riuscito a collezionare. E che, per le loro caratteristiche, potrei anche definire magnifiche tane. Luoghi molto amati che spesso ama condividere con gli amici, dove ritroviamo i nostri libri, la nostra musica, i nostri pennelli e colori e, in qualche caso, umani che ci attendono e che ci hanno volontariamente adottato.

Il risultato è che la nostra vita è come suddivisa a spicchi e segue un andamento geografico, vagamente legato al ciclo delle stagioni. Convengo che per la maggior parte di voi si tratti di una pratica stravagante, ma per il mio umano funziona a meraviglia perché solo spostandosi in questo modo – sostiene – riesce a ritrovarsi sempre uguale e scoprirsi sempre diverso, vedere meglio e capire di più. Bizzarro, sapevo che non era cresciuto con un forte senso delle radici, tutt'altro, ma col tempo gli notavo maturare una capacità tutta sua di attecchire in qualsiasi posto decidesse di mettersi. Davvero bizzarro, ma ne sono orgoglioso.

Come consuetudine per tutti gli Accompagnati anch'io seguo il mio adorato plantigrado a due zampe portanti dovunque mi voglia ma, quando per ragioni pratiche mi faccio in modalità di *portability*, chiedo – e ottengo senza fatica alcuna – di non essere mai sottoposto all'ignominia di una stiva d'aereo, di un bagagliaio d'auto o una rastrelliera di treno. In cambio, mi adatto al pratico anonimato di una borsa (di design moderno ma discreto, nel mio caso in tessuto grigio melange con cinghie di pelle nera) o persino all'abbraccio protettivo anche se un poco viscido di un sacco della spazzatura, ma solo quelli verdi con la scritta in greco o quelli azzurri con la scritta in turco. A molti sembra una totale mancanza di rispetto vedermici calare dentro a testa in giù, ma starci inguattato dentro in realtà mi diverte, perché profumano di basilico o di raki e mi addolciscono i pensieri.

Naturalmente, viaggio sempre con un passaporto regolarmente rilasciato dove compaio in una foto a figura intera, mentre accanto alla casella "stato" è appiccicato un gelsomino essiccato – il segno degli Accompagnati. E dove è scritto il mio nome per esteso, Orso. Con la "O" maiuscola, ovviamente. E accanto, in small print ma ben visibile, il cognome dl mio umano.

I nostri mesi preferiti, due volte ogni anno condiviso

Maggio e ottobre: sono i mesi dolci e di confine tra le stagioni che io e il mio Accompagnatore umano attendiamo con eguale ansia e anticipazione. Perché, finalmente, si torna insieme *sto spiti* (per dirla nella parlata locale) nella nostra dimora d'adozione sull'Isola un po' più grande giù nell'Egeo, da dove partono i traghetti per le Isole Piccole. Quelli che, quando li vediamo dalla terrazza entrare in porto guidati dalla pilotina arancione, ci danno sempre un po' di commozione.

Su questo tutti e due ci permettiamo di essere egualmente sentimentali perché per noi le isole hanno qualcosa di speciale, che ci tocca dentro. E tutti e due siamo egualmente affezionati alla stanza dalle pareti color melanzana dove dormiamo, la più piccola e raccolta della casa – che è, tengo a precisare, una sorta di abitazione collettiva e aperta a tutti. O anche, per trasporlo nei vostri termini, una maison d'hôte che, magari, qualcuno di voi potrà persino riconoscere.

Senza bisogno di alzare la testa dal cuscino vediamo due minareti perfettamente allineati e una spruzzata di palme che spunta dall'antica cinta di mura. Giorno e notte ci cullano il continuo brusio di voci e il rumore dei passi sull'acciottolato, come se tanti mondi diversi ci passassero accanto. La maggior parte del tempo lo passiamo in giardino, a due tavolini gemelli di marmo sistemati tra l'ombra del banano e dell'arancio.

Succede spesso, soprattutto verso l'imbrunire, che gli umani ci confondano, senza riuscire a capire chi di noi due stia trafficando con il computer o con i pennelli, chi stia incollando e scartavetrando, chi conversando amabilmente sorseggiando un liquido leggermente alcolico, profumato e lattiginoso.

Mi piace pensare che sia il calar della luce a renderci apparentemente indistinguibili, ma forse è vero che un poco ci somigliamo e che col tempo la nostra vita in accompagnamento ci ha regalato modi di fare simili. E, comunque, quella bevanda la consumiamo entrambi con eguale piacere. Per il mio Accompagnatore umano poi, la apprezzabile pratica della conquista dell'uso di mondo qui sembra tradursi nel rituale dell'ouzo* di mondo, che contempla il sistematico pellegrinaggio dei suoi luoghi deputati – taverne in punta d'acqua, vecchi caffè dove la giornata scivola giocando a domino, tavolate estemporanee all'ombra dei platani, vari luoghi di meditazione solitaria o collettiva.

Così, spesso rimango da solo a sedere e pensare in giardino. Saranno i colori delle mura a ispirarmi, lo zafferano, l'ocra e l'indaco brillanti, il lento scrostarsi degli strati di intonaco che formano arcobaleni attorno alla pietra nuda. Sarà il fiorire acceso e inconsulto di piante delle quali ignoro persino il nome. O il loro profumo che si mescola, prepotente ma armonioso, a quello dei bastoncini di cannella che mi piace far scrocchiare tra le zampe e agli odori invitanti che a una cert'ora iniziano a salire dalla cucina e mi fanno fremere di anticipazione.

---

* liquore a base di anice che si beve in genere allungato con acqua e ghiaccio

Saranno tutte queste cose insieme, sotto un cielo blu profondo di giorno e stellate che sembrano precipitarti addosso di notte, ma qui la penna mi scorre veloce, lo scalpello incide con sicurezza le tavolette di gesso, il pennello scivola morbido a riempire i contorni. Nei momenti di riflessione mi rifugio nel pensatoio, in quell'ala della casa dove si trovava l'harem e che si raggiunge attraverso una botola segreta.

Passo ore intere a osservare i riflessi dei vetri colorati di blu, smeraldo e prugna delle sue finestrine a punta, lasciando vagare i miei pensieri a inseguire le loro ombre cangianti. I miei ospiti li ricevo sui comodi divani ricoperti di kilim e velluti, assottigliati dal tempo ma sontuosi, del salone con le tre finestre dagli sporti finemente lavorati a traliccio. Oppure, nelle giornate più calde, sul fresco marmo bagnato dell'hammam.

Come siamo seri, introspettivi e controllati noi orsi, potreste pensare voi umani. Certo. Anche. Ma ci dovreste vedere la notte a fare il giro dei vicoli più segreti della città vecchia, nei locali dove si fa musica e si balla sui tavoli. E a tirar mattina al Kafé Arkouda ascoltando le canzoni delle orsatte dagli occhi bistrati. Per finire a salutare l'alba sul mare scrocchiando tra le zampe dolcetti al sesamo e cardamomo.

Vita da orsi la mia, senza altro, ma da orsi del sud quelli, cioè, appartenenti alla zona del Mediterraneo profondo. Non a caso, proprio qui vicino, si trova uno dei nostri luoghi più importanti. Particolare che mi offre agio di entrare in un'ultima ma assolutamente indispensabile digressione su una delle nostre attività più caratteristiche e fondamentali, che vi prego di leggere senza addormentarvi. Ursinamente, sono disposto ad accettare qualche sbadiglio.

Del levitare ursino. Salmastri e corruschi

Noi orsi, è opinione comune, siamo fatti pesanti. Forse è per questo che nella vita, come vi ho già detto, amiamo tanto la leggerezza. E, soprattutto, quella del pensiero, che vogliamo far diventare lieve come nuvole di primavera. Così, molti di noi hanno acquisito la capacità di levitare, per quanto ognuno a modo proprio. O, per essere più chiaro, dovrei dire che a noi orsi del sud generalmente riesce in un modo, mentre agli orsi del nord, quelli dei climi freddi, delle lande desolate e dei prefabbricati in legno d'abete, in un altro.

A grandi linee, sono la geografia della nostra origine e la topologia ursina di adozione a dettarci tecnica e luoghi deputati della levitazione. Ma sempre con il medesimo fine, che potrei riassumere così: pensare leggero e vivere morbido.

Noi orsi del sud – detti anche salmastri – che preferiamo il caldo, abbiamo bisogno del blu accogliente di un mare tranquillo e marcatamente tiepido. Anzi, quasi sempre piuttosto brodoso. Uno dei luoghi elettivi principali del nostro levitare è un'antica acropoli nascosta da possenti mura di un'epoca molto più tarda, precariamente appoggiata in cima a uno spuntone di roccia smangiata dai millenni e circondata su tre lati dal mare, su un'isola grande giù nell'Egeo.

C'è un punto in particolare dal quale ci buttiamo, là dove le mura formano un angolo acuto e il vento non smette mai di sibilare insinuandosi nelle feritoie. A uno a uno, aspettando il nostro turno in fila indiana e nel rispetto dei tempi di ognuno, saliamo sul parapetto appoggiando bene le zampe. Guardiamo dritto il mare e, senza mai chiudere gli occhi, quando ci sentiamo pronti ci lasciamo andare. Giù nel vento. O su, a seconda di come spira. Cominciamo a librare morbidamente in cerchi concentrici sempre più ampi, fino ad avvicinarci al bordo dell'acqua della baia, che appare quasi chiusa da rocce, e scioglierci nel suo calore.

Tutto si compie lentamente, il tempo di riemergere alla superficie e guadagnare con pigre bracciate la riva di sabbia e sassolini. Dove, finalmente liberi e alleggeriti fin nel nostro essere più profondo, ci lasciamo asciugare al sole.

Per gli orsi del nord, detti anche corruschi, è tutta un'altra cosa. Prima di tutto, il loro luogo d'elezione principale è su un'isola in pieno nord Atlantico, perennemente flagellata da un vento gelido e, direte voi, disumano. Non so quale possa essere il termine esatto trasposto nella nostra cultura ma, sì, è quello. Sotto una pioggia sferzante e implacabilmente gelida che penetra negli occhi come punture di spilli.

Anche loro si avviano in fila indiana, ma più che altro per opporre resistenza agli elementi. Spesso nemmeno questo serve e gli orsi più minuti vanno a sbattere contro una o più delle dodici colonne di pietra disposte a cerchio, loro piattaforma di lancio. Sotto, a strapiombo e con colori da raccapriccio, li attende l'oceano più livido che si possa immaginare, in piena rivolta contro ogni goccia del suo essere. La loro traiettoria di volo è imprevedibile, forma interminabili zigzag e mulinelli, oppure precipita in linea retta con la velocità di un razzo. E l'impatto con l'acqua gelida è da togliere il respiro, per loro requisito essenziale per innescare il processo di alleggerimento.

Strano ma è così, sembra che gli orsi del nord, insieme alle caratteristiche del loro luogo elettivo, abbiano anche assorbito i più severi principi calvinisti. Solo un incontro che ha più i colori dello scontro con acque tanto estreme può produrre gli effetti catartici desiderati, mai disgiunti dal concetto di una necessaria sofferenza. Una sorta di espiazione cosmica, anche per i peccati mai commessi.

Una visita a sorpresa che cambia la nostra vita

Per un certo tempo la vita a due tra me e il mio umano ha continuato a scorrere a un ritmo tranquillo. Naturalmente sempre inframezzata dai viaggi, ognuno per conto proprio o in accompagnamento. In un certo modo, era come se ci divertissimo a scambiarci i mondi.

Lui, grazie al suo invito permanente, aveva preso a frequentare sempre più spesso la nostra sfera. Dove, mi diceva, si sentiva protetto, sereno e felicemente creativo. Dormiva molto e con grande piacere e, sosteneva, era proprio allora che gli venivano le idee migliori. Soprattutto le volte che si assopiva in riva al mare. Di ritorno nella sua sfera di origine, la leggerezza aveva cominciato a cercarla sulla sua Isola piccola nel mezzo del Mediterraneo. Che – per inciso – è anche l'isola di un'isola.

Doppiamente bizzarro. Su quello scoglio ci era nato, per uno di quei colpi di fortuna del caso, ma l'aveva ritrovata solo parecchi anni più tardi, quando aveva finalmente capito perché gli orizzonti liquidi lo avessero sempre attratto e l'arrivo e la partenza dei traghetti gli provocasse irrimediabilmente un groppo di commozione. E anch'io avevo finalmente capito da dove gli veniva quel suo modo episodico di comunicare che lasciava interdetti i suoi simili. E che si potrebbe sintetizzare così: orari estivi, orari invernali, portellone bloccato, sciopero.

E poprio lì aveva materializzato il suo ultimo sogno in ordine di tempo: una casetta color doppio zafferano aperta in cima da una terrazza. Una sorta di minitorre dove, a seconda dei momenti, ci saremmo potuti rifugiare come eremiti a annusare l'aria e confonderci con il cielo o dare libero sfogo alla nostra voglia di socialità. Complice una bevanda leggermente alcolica, profumata e semitrasparente che sembra fatta apposta per le notti d'estate.

E era proprio una sera di quelle, giusto mentre stavo salendo sulla ripida scaletta che porta in terrazza bilanciando tra le zampe un vassoio carico di bicchieri fragranti, che sentii picchiare alla porta. Non il rapido e discreto bussare dei nostri ospiti umani, che comunque sapevano che non chiudevamo mai a chiave e potevano entrare quando volevano. Ma un suono strano e insistito, come se qualcuno stesse usando un utensile di legno. E poi un tonfo, come di un grosso pacco di carta che plani sul selciato.

Scendemmo e ci trovammo davanti il più strano orso che si possa immaginare. Biondo, pencolone e fatto tutto a modo suo. Morbidissimo, ergonomico, con zampe tonde piccole e delicate, un collare di pelo candido sul petto, un naso nero nero che è come carezzare il velluto. Una capa tanta, per dirla nel curioso vernacolo in cui scoprimmo amava esprimersi, che gli pesa assaje, facendolo sempre pendere in avanti. E, soprattutto, una lingua rosa rosa con la quale ama assaggiare, sorbettare e slurpare. Attività quest'ultima dedicata agli umani, ma solo quelli saporiti.

Lo riconobbi all'istante: era mio fratello minore Sconvolto. Mi sentii vibrare la pelliccia di gioia. Lo ammetto, nei suoi confronti sono sempre stato piuttosto parziale e anche nostra madre, una scultorea orsa dal carattere di ferro e miele, si è sempre raccomandata di buttargli un occhio di tanto in tanto. "È un esemplare unico al mondo", mi ricordava, "e particolarmente sensibile."

Suo padre, un salariato dell'industria del giocattolo che ebbe con lei una storia intensa e appassionata, lo fece così. Tanto che quando la sua creazione uscì dal laboratorio ai piedi del Vesuvio e si mise a slurpare di gusto tutta la squadra tecnica, lui venne cacciato seduta stante, con l'accusa di essersi strafatto di colle, elastici, mine di matita triturate, pezzette di peluche ripassate in padella e quant'altro si potesse trovare intorno alla sua scrivania.

In realtà, con la complicità di mamma, si era divertito a fare uno scherzetto all'azienda, facendo passare il loro pargolo come prototipo per cento serie di mille pezzi ciascuna. "'Na benedizione per l'umanità intera", sosteneva lui, da buon sognatore utopista. Ne era assolutamente convinto, ma l'umanità, in quel momento, doveva attraversare una fase profondamente agnostica e gli si dimostrò tutt'altro che grata.

Licenziato in tronco, meditò a lungo se andare a fare il broker nella City di Londra o lo spinatore di acciughe freelance nelle pizzerie di Piedigrotta. Alle fine, decise di imbarcarsi per la Grecia dove la sua vita avrebbe preso una svolta del tutto imprevista.

SCONVOLTO

"Decadimento del ruolo attivo di custodia causa so-pravvenuta assenza di umano". Fu per questa ragione che Sconvolto si presentò a casa nostra, in compagnia di un bagaglio ridottissimo – se non vogliamo considerare la mente. Il suo mestolo preferito e una copia fittamente stazzonata dell'Artusi in mezzo al quale conservava il suo ricordo più prezioso. Un paio di minuscole clip finemente lavorate a forma di granchio e odorose di mare, regalo del suo amatissimo Accompagnatore e che, caso unico nella nostra storia, a tutte le nostre riunioni ufficiali gli era permesso portare nelle orecchie invece dei consueti gelsomini essiccati.

Non ci vedevamo da qualche anno e nel frattempo lui aveva avuto modo di risollevarsi – e tutto alla maniera sua – dal trauma più doloroso e temuto che possa capitare a noi Custodi, dandosi anima e corpo alla passione della sua vita. Naturalmente, sempre alla maniera sua, travalicando di parecchie misure i confini della cucina ultramodern, delle alchimie culinarie e dei gastroviaggi ai confini della realtà ai quali siamo ormai assuefatti.

"Tengo la capa come 'nu frullatore", era la sua frase preferita. "Datemi pignatte, mestoli, trincetti e raspini, strozza-olive e colabrodi e vi faccio dei sorbetti che nemmeno ve li sognate" diceva arrampicandosi sull'Artusi per arrivare fin negli angoli più reconditi degli armadietti di cucina, in cerca di ingredienti dimenticati e di utensili, possibili e impossibili.

Quello che per altri sarebbe stato un semplice esercizio di archeologia culinaria per lui diventava un'avventura senza confini, un'esplorazione di territori sconosciuti, tanto da trasformare la nostra cucina in una fucina di creatività pura, dove si friggeva, si smontava, si ripiegava, si glassava e si saldava indifferentemente alimenti e oggetti. E ogni nuovo piatto che si offriva al palato con la sublime leggerezza di una poesia era una sfida al caos primigenio della sua capa esagerata. La manifestazione di un equilibrio che aveva del miracoloso, l'evidenza di un rigore e di una lucidità che non avrebbe mai nemmeno sospettato di avere.

Spuma di cozze con una punta di ketchup alla rosa canina, polipetti glassati alla mostarda in pastella di liquirizia fumé, foglie di menta con ripieno di sardine al gianduia piccante, cassatina di patelle veraci. Per non parlare del piatto forte della cena di Natale, il babà al capitone.

Gli umani frequentatori della nostra tavola si suddividevano in tre categorie: 1. pavidi (quelli che adducevano le peggio scuse per imboscarsi) 2. giudicanti aprioristici (quelli che esclamavano "che schifo" a ogni proposta, aggiungendo "quello te lo mangi tu" e ripiegavano su un timido tramezzino di polistirolo spugnoso con prosciutto sintetico del bar sotto casa) e 3. sperimentali (quelli che si offrivano anima e corpo senza riserve e venivano ricompensati da visioni mistiche e papille gustative in tripudio).

Ai primi due gruppi Sconvolto, che era segretamente abbandonico e soffriva indicibilmente, ma senza darlo a vedere, di ogni assaggio rifiutato aveva dedicato qualche riga, uscita di getto a scopo catartico ma scritta, come suo solito, nel più impeccabile, elegante e regolare corsivo da disciplinato calligrafo sul retro di una dispensa di gastronomia molecolare. "Filistei, 'na bella parola affilata, che piacerebbe al colto fratello mio, chillo che sempre siede e pensa. Crociati dell'anti-avventura culinaria. Pavidi delle papille gustative. Stanziali dei sapori".

Certo, l'inflazionata e iniqua moda della fusion che in mani inesperte e menti piatte diventava confusion o, per dirla alla maniera sua, quelle ricette che vanno un po' di qua e un po' di là "come tira 'o viento", non giocava a suo favore, ma alla fine il suo immenso e trascinante entusiasmo di "testa 'e core" riuscì a far breccia tra tutti i nostri commensali. Fino a scatenare una vera e propria gara su chi gli procurava gli utensili più inusuali, rari e ricchi di potenzialità.

Il vincitore doveva ospitare Sconvolto nella sua cucina per un periodo indeterminato, senza fare obiezioni in caso di appartenenza alle categorie 1 e 2. Per parecchio tempo questo privilegio rimase a una umana che possedeva una tigelliera di ghisa con stampate sopra le due torri, aggeggio peraltro ancora abbastanza comune nella sua terra di origine, anche se per noi piuttosto esotico.

Ma il giorno che mio fratello, che nel frattempo aveva notevolmente affinato la sua tecnica e iniziato una fitta corrispondenza con umani e non che condividevano la sua vena gastrosconvolta, venne a sapere che una tigelliera identica e completa di due torri esisteva sull'isola di un'isola di una penisola in mezzo al Mediterraneo – il massimo del surreale – non resistette alla tentazione.

Si imbarcò su un traghetto e poi su un altro ancora, ghiotto dalla voglia di provarla, insieme alle delizie branchiate, tentacolate e valvate del mare che circondava il fortunato scoglio. "Ué, accussì approfitto per andare a trovare Nonna".

Caro Sconvolto, mi faceva sempre tenerezza, fin da quando me lo ricordo piccolo orsatto che, invece dei soliti favi di miele e dei biscottini della prima infanzia, succhiava chele di granchio e slurpava gusci di cozza fino a farli diventare trasparenti. E con gli occhi pieni di sonno, tra tutte le storie della buonanotte, chiedeva sempre a mamma di raccontargli quella di nostra Nonna.

NONNA

Non dimenticherò mai Nonna (come avrete notato, tutti in famiglia abbiamo nomi piuttosto referenziali). Piccola e tonda come una palletta ma agilissima, con gli occhi neri neri, come due punte di spillo, che brillavano come tizzoni ardenti in mezzo al pelo bruno. Aveva sempre vissuto con la famiglia in un antica torre di pietra in mezzo a un bosco di lecci e sugheri tanto folto che umani e cinghiali non osavano avventurarcisi. Soltanto una volta capitarono fin lì un paio di scienziati sulle tracce dell'Ursus de Jana, la specie più rara e sfuggente di orso mediterraneo. Vennero accolti con un grande banchetto, si divertirono come non mai e riempirono quaderni su quaderni di appunti. Ma, tornati a casa, non ricordavano più niente e trovarono tutte le pagine bianche. La nonna sapeva bene come usare erbe selvatiche e inchiostro simpatico.

Più di tutto, amava cucinare: minestre di fave da leccarsi le zampe, polpettine di ghiande piccole e luccicanti come biglie, pane frattau condito con bacche di tutti i colori, come se i coriandoli di carta che voi umani amate lanciarvi nei giorni di festa (bizzarra abitudine) avessero preso forma e sapore. Era perennemente circondata da una nuvola odorosa di fumo e vapore, ma il pelo non le si impregnava mai. Quando stava ai fornelli io, il nonno e i cugini la distinguevamo solo dal bagliore di giaietto degli occhi che sembravano seguirci sempre.

Un giorno il nonno decise che era tempo di vedere che cosa c'era al di là del bosco. Camminò e camminò fino che arrivò a una distesa liquida e blu che sembrava non finire mai. Il mare. Ne fu immediatamente ammaliato. In pochissimo tempo imparò a conoscerlo tanto bene da diventare rais della tonnara locale. Sulla prua della bastarda nessun umano aveva la stessa sagoma massiccia e altrettanta autorità, i tonnarotti lo rispettavano e gli obbedivano senza fiatare. E tutti gli anni la pesca era miracolosa. L'impari lotta tra uomini e pesci si concludeva tra acque rosse e schiumanti, tra preghiere e imprecazioni. Si diceva che i tonni gli fossero segretamente grati per rendere epico – e meno doloroso possibile – il loro sacrificio. A ogni fine stagione nella piccola cappella azzurra e bianco calce il nonno intonava un canto ursino di ringraziamento, seguito dalle voci degli umani, deboli e fioche in confronto alla sua.

Finalmente, decise di tornare in visita all'antica torre, dove arrivò con una pesante bisaccia piena di strane cose, essiccate e saporite, dall'intenso profumo di salmastro. La nonna non ebbe un istante di esitazione, le prese e si mise subito all'opera. Cucinò sublimi polpettine di lattume impanate, filetti marinati sapidi di erbe selvatiche e succo d'olive e, oltre che con le solite bacche, condì il pane frattau con pezzettini di bottarga, mosciame, cuori e fegato di tonno. A tutti gli orsi del bosco si riempirono gli occhi di mare.

Per Sconvolto Nonna era sempre stata un idolo. Se l'avesse incontrata, diceva, avrebbe baciato il suo mestolo, abbracciato il suo tegame preferito e a lei avrebbe dato una bella, affettuosa e lunga slurpata. Doveva essere così gustosa!

Non appena raggiunse l'età della ragione, per dirla in termini umani, salì sul traghetto e andò a cercarla. Seguendo le istruzioni segrete in possesso della nostra famiglia non ebbe difficoltà ad arrivare a destinazione. Ma ci sarebbe riuscito anche senza, lui sentiva il profumo dei manicaretti di Nonna che lo guidavano a chilometri di distanza.

Lei era sempre lì, nell'antica torre di pietra, con il pelo appena spruzzato di bianco, la schiena ancora bella dritta e gli occhi neri più di giaietto che mai. Squadrò ben bene quel suo nipote e disse "Eh, sei fatto proprio strano, sai. Pensavo che fossero le foto a essere malriuscite". Carattere di ferro, non si smentiva mai.

All'inizio gli concesse solo di darle una slurpatina dietro l'orecchio sinistro. E veloce. Ma quando lo vide maneggiare il mestolo e usarlo come una bacchetta da rabdomante per mettere insieme gli ingredienti della cena, capì che sotto quell'aspetto da peluchone scombinato c'era della vera stoffa.

Che fosse fatto strano, non c'erano dubbi. Era risaputo che a volte i frutti delle unioni miste uscivano un po' così – anche se proprio così non le era mai capitato di vederne. E questa era proprio una delle ragioni per le quali aveva dato il tormento a nostra madre ai tempi della sua liaison disomogenea con quel tipo che, secondo lei, "scarabocchiava giocattoli". Ma ora, nonostante fosse sempre stata molto tradizionalista, doveva ammettere che quel nipote era la prova vivente del successo della mistura tra umano e ursino. Aveva un talento naturale che intrecciava i due mondi e ne formava un centinaio di altri.

Decise di cominciare a insegnargli qualche sua ricetta segreta. Sconvolto sorbiva e assorbiva ogni cosa, aggiungendoci ogni volta del suo. Strabiliante.

Una sera Nonna pensò che era giunto il momento di mostrargli la sua pietra magica, quella che usava per i sortilegi, e anche per fare le dosi in cucina, complici un bicchier d'acqua e una formula segreta in fenicio criptato (le era giunta notizia che, in quella terra, anche molte umane facevano altrettanto). Un mollusco fossile, lucido e liscio che le orsatte della famiglia si tramandavano di generazione in generazione.

"Ué, ma parla! Parla proprio!" fu l'immediata reazione di Sconvolto di fronte alle sue valve socchiuse. Su un lato gli vedeva pendere una macchietta rossa, che a ognuno suggeriva cose diverse: a chi il sangue vivo, a chi il pigmento ricavato dai gusci di molluschi, a chi il colore della terra intrisa di minerali e così via. A Sconvolto faceva venire in mente la passata di peperone rosso, resa un po' più densa e delicata da una cucchiaiata di ossetti di seppia canditi e finemente triturati.

Beh, pensò lei, questo strano nipote mio in fondo ha davvero del vero orso. Non fa incantesimi come me, non si libra nell'aria come suo fratello maggiore e i suoi cugini levitanti del nord e del sud, ma in cucina fa miracoli. Nonostante fosse sempre stata molto tradizionalista, doveva amettere che, alla fine, ogni orso la leggerezza la cerca come vuole. L'importante è trovarla.

Quando Sconvolto ripartì gli regalò una copia dell'Artusi dicendogli "è una buona base per ogni cuoco che si rispetti" e lasciandolo completamente libero di interpretare il concetto di "base".

**

Nonostante fosse sempre stata molto tradizionalista, Nonna dovette ammettere che anche dai nipoti c'era qualcosa da imparare. E che forse era tempo di gettare uno sguardo fuori tana, per dirla alla maniera nostra. Così, ora che aveva molto tempo libero, visto che il nonno e i cugini erano sempre più impegnati nelle loro missioni appresso ai tonni di corsa, pensò di unire utile e dilettevole fondando con alcune amiche la Cooperativa Ursinia, che ha come logo un orso dagli occhi color del mare. E lanciare specialità come la marmellata di meduse, la conserva di tonno al mirto, le seadas con chantilly di sarde, il miele al sale marino, fatto per chi non ama il dolce a colazione.

Tutti prodotti genuini e ben pensati, non quelle diavolerie come la pizza carasau e la mirtoska – un'ignobile combinazione di mirto e filo e ferru più adatta da sguralavandini che come dopopasto – che si servivano nei fetidi villaggi turistici che le stavano spuntando attorno come funghi, facendo arrivare fino al bosco di sugheri e lecci la puzza delle ruspe. "Basta, è ora di far qualcosa", ripeteva sbattendo con forza il pestello nel mortaio e puntando gli occhi di giaietto sul suo bivalve magico, "quelli mi stanno proprio seccando la pazienza".

***

Le orsatte della nostra famiglia avevano sempre dimostrato una forza di carattere non comune e, nel caso di Nonna, questo si univa a una certa caponaggine, forse derivante anche da un'assidua frequentazione con una colonia di mufloni stabilitisi nelle vicinanze. Le mollezze, le smancerie non erano per lei e di coccolare quel suo strano nipote dal nome referenziale e dall'accento strampalato che a volte si sentiva un poco abbandonico non se ne parlava proprio.

Tanto meno poi di fare pace con quel disegnatore di sgorbi che si era preso sua figlia (nostra madre) portandola a vivere sulle prime pendici del Vesuvio e, quando fu licenziato e il piccolo nemmeno svezzato, se ne partì facendo perdere le sue tracce. Ma che ogni Pasqua si ostinava a farle arrivare da chissàdove un cesto regalo con una dozzina di uova sode dipinte di rosso vermiglio, una torta che sosteneva fosse benedetta e una bottiglia di uno strano liquido trasparente e leggermente alcolico che, diluito con acqua, diventava lattiginoso e mandava un pugente odore di saponetta.

"Ua, puchaccioni", sbottava lei, che a volte amava esprimersi nel suo colorito vernacolo di origine, "TUTTO te lo farei bere".

Come potete intuire, anche tra noi orsi le dinamiche familiari non sono poi sempre rose e fiori, soprattutto se si vive in un bosco isolato e dagli alberi tanto fitti da ostacolare con i loro rami una libera e catartica attività di levitazione. Però, in certe circostanze, il nostro secondo principio fondamentale ci può venire in soccorso (per chi di voi se lo fosse dimenticato: c'è un limite anche per noi orsi).

Tutto sommato, cominciò a pensare lei, perché continuare a coltivare cattivi pensieri e vecchie abitudini? Per fare un esempio pratico che l'aiutasse si immaginò di piantare carciofi saporosi e tenerini in quel pezzetto di orto abbandonato a ridosso del nuraghe dove finora aveva lasciato crescere solo la gramigna.

Così, finalmente, una sera successe che accettò di aprire il plico, molto maneggiato e molto slurpato, che Sconvolto conservava in mezzo all'Artusi e che a ogni visita tentava timidamente di mostrarle. Dentro c'era una lettera ricevuta qualche tempo prima, in una busta tappezzata di francobolli variopinti con delle scritte in caratteri strani. Che, a annusare bene, aveva anche un po' di quel pungente odore di liquore alla saponetta.

UÉ SCONVO', ARKUDIOTTO MIO BELLO!

Chillo che ti scrive è papà tuo. Vabbuo'... lo fa
tutto a modo suo, usando il pennello invece della penna e tavolette di legno al posto della carta.
Ma, 'o sai, tutti noi, di famiglia, siamo sempre
stati fatti a modo nostro. Pure tu... ho saputo
che ti sei fatto 'na bella capa pesante di creatività
e ne sono fiero para polì (assaje assaje, nella parlata locale). Tu, il mio piezz 'e core, genio paz-
ziante e spaziante della cucina! 'O ssapevo che
eri speciale! E voglio dirti che pure io, alla fine,
ma proprio proprio alla frutta , tanto per stare
in tema, ho trovato la mia strada. O, piuttosto
la mia rotta, visto che mi ha portato in miezz''o
mare.

Quando nascesti e io e mamma tua facettemo 'o
scherzetto, fui licenziato dall'azienda di giocattoli dove faticavo come disegnatore. Non so se ti
ricordi, chella seria seria dalla reputazione da di-
fendere che poi si specializzò in portachiavi rut-
tanti a forma di mucca. Solo dopo molto penare
di testa e di core, e grande vuoto 'e stommaco,
decisi di imbarcarmi per la Grecia. Così, senza
'na ragione. Ma non avevo deciso dove scendere. Tirai a testa e croce con una pizza, che cadde
a pummarola in giù. Salonicco.

Non ci stava molto che sapessi fare veramente, tranne disegnare peluche. Alla mia azienda seria seria erano piaciuti la foca dagli occhi grandi, per la quale si erano affrettati a assicurarsi una sponsorizzazione ambientalista, il delfino ridente e pure – ma assai meno – la granceola snappante che ti faceva scattare le chele sulle dita quando meno te l'aspettavi. Arrivati all'acciugone parlante che sparava cammurrie da matina a sera, mi dissero un bel no minacciandomi di farmi radiare dall'Albo. Così io, a Salonicco, stavo proprio inguaiato e di speranze ne tenevo poche assaje. Ancora meno di dracme, tanto che per sfamarmi ero costretto a accattarmi dolmades di seconda mano, ormai senza ripieno ma che sapevano ancora 'nu poco 'e riso e carne.

Io vulevo faticà, non importava che, ma l'unica altra cosa che sapessi fare era spinare acciughe e lì di esperti del ramo ce ne stavano pure troppi. Allora, per un certo periodo, mi adattai a fare l'Avvistatore in Mare per una taverna sul lungoporto. Sai, come 'na specie 'e segugio di mare. Dovevo puntare banchi di pescetti da fritturina mista, medi da padellata e grossacchiotti da forno. 'Na palla, a lungo andare. E, ogni volta che trovavo qualche bel pescetto multicolore, mi perdevo a seguirlo in tutte le sue sfumature. Venni retrocesso a avvistatore di ispettori di igiene mentre i proprietari, di straforo, scongelavano pesci nel portocanale. Di lì a poco, fui comunque licenziato.

Sarei mai riuscito a conciliare passione e lavoro? Cominciavo a disperare. Fino a quando, 'na bella jurnata, passai davanti alla botteguccia di un vecchietto dalla barba bianca che indossava un grembiule tutto sporco di colori che lo faceva somigliare a un arcobaleno vivente. Mi osservò a lungo, con chella sua aria 'nu poco inquisitoria, mentre gli passavo e ripassavo davanti masticando una buccia di melanzana fritta, comprata da una taverna che saldava le giacenze della cucina all'olio della mesata precedente. Poi, di punto in bianco, mi domandò se mi interessava diventare il suo assistente. Ormai stava diventando vecchio e aveva bisogno di qualcuno che lo aiutasse almeno a pulire i pennelli, che il suo grembiule non ce la faceva proprio più. Ringrazierò sempre la mia buona stella e la sua *kalì kardìa* (nella parlata locale, buon cuore). Oltre che la sua pazienza infinita... ero tanto una fetecchia pure per quel semplice compito, che non mi riusciva manco isso. Provavo e riprovavo a sciacquare 'sti chiavica 'e pennelli rimestandoli nella retsina, ma non funzionava manco pè niente. Chilli, sempre incrostati e duri come roccia.

Chiunque altro si sarebbe dato per vinto... però, tu sai che tutti noi di famiglia teniamo 'a capa tosta e la mia fortuna fu che pure il vecchietto stava paro paro. In capo a due settimane, io a quel mestiere mi ci appassionai. Mi piacevano quelle immagini così severe e distaccate, quelle figure piatte come sogliole ma dallo sguardo spesso, che sembravano non notarti nemmeno ma ti vedevano attraverso. Così diversi da certi deliqui barocchi, carnali, pienotti e pure 'nu poco cellulitici che mi era capitato di vedere dalle parti mie. Figure così iconiche – perdunnateme o' gioco di parole – che mi dicevano qualcosa, che però non capivo ancora bene.

Decisi di imparare e mi misi d'impegno. Passavo le nottate a studiare tutti i testi di iconografia tradizionale, pure gli aprocrifi. Volumoni che, se ti cascavano sui piedi, te li mozzavano di netto. Quanti strati di tuniche indossa San Panteleimon? E fin dove arriva la barba di Sant'Onofrio? Sapevo tutteccose. Le ferie le passavo a Monte Athos. E tu sai ca dinto a chillo posto nun ce stanno femmene, nemmeno si fossero gatte, e per me era 'nu sacrificio assaje. Comunque, in capo a diversi anni, 'nu poco migliorai. Ora sapevo che per sciacquare i pennelli, alla retsina andava aggiunta l'acquaragia. E sapevo come si facevano il cromo, il giallo e l'indaco e che le uova non erano solo da mangiare.

In capo a cinque anni mi fu concesso il privilegio di preparare i vecchi infissi intagliati per il colore, poi di rappezzare le tuniche dei santi, e così via. Fino al sommo onore, stendere il fondo di oro zecchino. A quel punto, avrei voluto iscrivermi alla Scuola Superiore di Atene, ma il mio maestro mi disse che niente sarebbe stato meglio di un apprendistato da un vero artista. Ne conosceva appunto uno, che era stato suo allievo, e viveva su un'isola grande giù nell'Egeo. Non sapeva l'indirizzo ma, mi disse: "Vai e cerca in città vecchia".

Appena sbarcato dal traghetto e varcata la porta di una possente cinta merlata mi intrufolai per i vicoli, che mi ricordavano la mia città. Lo stesso odor di cibo che usciva dai bassi, con le pentole che sfriggevano sui fornelli e non sapevi se erano le cucine delle case, trattorie o tutte e due. Le stesse voci dai toni acuti, gli stessi panni stesi a asciugare da un capo all'altro, i motorini smarmittati che saettavano rombando. I negoziucci che vendevano tutteccose e fatte da tutt'altra parte.

Però, io stavo proprio perso. Uffa, sbottai. All'istante, 'nu cagnulillo a macchie uscì dall'ombra. "Mi hai chiamato?", domandò? "A chi?," risposi io. "È il mio nome", fece isso, "e guarda che io, queste strade e i suoi abitanti li conosco come i cuscinetti delle mie zampe. Enfin, fanno tutti parte delle mie scorribande diurne e notturne". Io con la parlata canina avevo dimestichezza, per via del lavoro che tenevo prima, e nella sua mi pareva di riconoscere un leggero accento francese. Mi fidai della sua attendibilità e gli chiesi del pittore di icone. "Bien sûr che lo conosco", fece, "se tu prendi la strada dove abitano le puttane e anche il pope, passi davanti alla chiesa con l'entrata che sembra un garage dove è meglio che lasci il pandolce dai 7 ingredienti al santo che ti fa ritrovare toutes choses... volti due volte a destra fino alla piazzetta dell'hammam, enfin a gauche alla casa con gli sporti gialli, voilà. Il est là".

Il est là 'na parola! Io, chillo sciagurato giro 'e labirinti lo feci venti volte almeno. Mi sembrava tutto uguale e tutto diverso e la capa cominciava a girarmi come un turibolo impazzito. Accattai pure un biancomangiare allo sciroppo di rosa, al posto del pandolce che non avrei nemmeno saputo come preparare perché tutti gli abitanti della strada (o quella che presumevo essere la strada giusta) ai quali andavano poi offerti dei pezzi benedetti, mi davano ricette sempre diverse. Stremato, mi fermai dal rigattiere in cima alla via che, come sua consuetudine, mi offrì tre bicchierate pure di un liquido che sembrava acqua ma odorava strano, come di saponetta.

Non so se fu l'effetto dello sciroppo di rosa che mi ero leccato persino dal coperchio del biancomangiare, o dell'ouzo robusto assaje, ma d'improvviso mi parve di udire l'eco di una musica bizantina. Lo seguii. Arrivai da dove proveniva. Una bottega dove dipingeva tutto solo un uomo dall'aria serafica, con un indosso un camice di tela immacolato. E un paio di occhi azzurro lagosereno che sembravano dipinti. Mi faceva tranquillità solo guardarlo. Stava rifinendo una piccola icona dipinta su una vecchia persiana, mi disse, per una umana che aveva avuto una folgorazione mistica sul posto e gliela aveva commissionata così, d'acchitto. Era Simone lo Stilita. Un'immagine che non gli era mai capitato prima di dipingere e gli ci erano volute settimane intere a cercare nei suoi archivi, fino a che aveva scelto la versione di pagina 1543 del Tomo XCXIV, colonna 239, comma XIXV e 1/4. Avevo immediatamente riconosciuto la venatura rosatiella del marmo della colonna in cima alla quale poggiava il suo elegante balconcino archittettonico. Gli chiesi se potevo aiutarlo. Rispose che, di solito, lavorava da solo, ma visto che sembravo conoscere un particolare così astruso, perché no...

Io, pittavo chelle venature e intanto osservavo la faccia dello stilita, con la barba bianca e l'aria 'nu poco severa che mi ricordavano tanto il mio vecchio maestro. Pure lo sguardo, 'nu poco sguincio, ma al quale non sfuggiva nulla. E chelle mani, con le palme rivolte in avanti, ma non sporte oltre l'orlo del balcone. Mi dicevano cose – e pure tante – ma proprio non mi riusciva di metterle in parole. Era un gesto per tenere a bada la *cosmologhia*, cominciò a spiegarmi o' pittore. Come dire, le preoccupazioni mondane, le vanità, il superfluo, il prosaico, le costrizioni, pure i fastidi...

A me, nel frattempo, si era formata nella mente 'na bella parola. Che dico, 'na parola? Nu' concetto vero e proprio, bello e servito! "Forse aggio capito", gli dissi, ""o scassamiento, vulite dicere?"". Nei suoi occhi azzurro lagosereno vidi sfogliarsi tomi, chiose e postille, note a piè di pagina, delibere da concili pre e post scisma, intricate discussioni con il suo padre spirituale, geniali eresie e audaci visioni di eremiti illuminati... tutteccose. A un tratto, che però mi parve lungo assai, si interruppe, si strinse nelle spalle e mi guardò benevolmente "Beh, forse un concetto un tantino lineare... all'apparenza. Ma sì, se vuoi... penso proprio che si possa anche chiamare così". Sant'uomo. E io ero fiero assaje di essere suo allievo. PAPÀ TUO

La lettura fu lunga e laboriosa: mai a Nonna era capitato di dover decifrare un tale grammelot, oltre i limiti dell'intelleggibile e poi, con ogni parola scritta a pennello in un colore diverso. Per fortuna, il suo altrettanto strano nipote (che, quanto a modo di esprimersi non era assolutamente da meno) l'aveva aiutata nei passaggi più ostici, perché ormai quella lettera la sapeva tutta a memoria, tanto l'aveva affettuosamente slurpata.

Eh sì, tutto sommato, si sorprese a pensare lei quella sera, quell'umano non era poi così sconclusionato come le era sembrato. E poi, in fondo, con Sconvolto quella specie di coppia disomogenea aveva fatto davvero un bel lavoro, dovette ammettere alla fine Nonna, mettendosi un paio di gocce del curioso liquido al profumo di saponetta dietro le orecchie. Una rara concessione alla frivolezza e riservata solo alle occasioni speciali.

Faccio uno strano incontro e sono preso da una visione ursina

Piena estate, tempo di partire per il Festival Ursino Jazz, ormai un must del cartellone musicale. E, tengo a sottolineare, non solo nella nostra sfera. Non mi potrò mai dimenticare la volta che fui invitato alla sua prima edizione. Era una giornata da colonnina di mercurio impazzita e io mi trascinavo per la Capitale del piccolo stato senza sbocchi sul mare che lo ospitava, godendomi la sublime follia delle sue storiche architetture. Squadrate e monumentali ma fiorite di citazioni socialrealiste e neovernacolari, ridondanti di metallurgici nerboruti, totem ancestrali, madri coraggio e artigiani armati di falce e pennello. Vorrei più elegantemente dire "passeggiavo" ma, con l'asfalto sciolto dalla calura e compattato dalla polvere che aleggiava ovunque formandomi delle non gradite galosce, mi sentivo in dovere di applicare il nostro secondo principio fondamentale *"C'è un limite anche per noi orsi"*.

Il mio sguardo, tentando di ignorare le ignobili condizioni delle zampe, vagava a mezza costa, tra la cima delle vetrine e i primi piani delle case, fatte tutte della stessa pietra arancio-porpora. A un tratto mi fermai di colpo, sollevando nugoli incandescenti che mi bruciarono gola e narici. Lui – la figura alla finestra del mezzanino che aveva catturato la mia attenzione – continuava ostentatamente a fare finta di niente, con la sua aria apparentemente svagata. Ma avevo capito che mi aveva osservato con attenzione, fin da quando avevo svoltato per caso l'angolo. O, meglio, da quando ero emerso esattamente dall'angolo che era riuscito a farmi svoltare di proposito.

Era senza dubbio un'agnizione, nonché il preludio a una visione ursina di primo grado, qualcosa che a noi plantigradi a quattro zampe portanti sorprende, entusiasma e ci fa passare piacevolmente un bel po' di tempo cercando di sbrogliarne il senso.

AVO ARCH ✠ ☒ ☒ Ƴ ☒

Di lui mi colpì subito l'aria di famiglia, assolutamente inequivocabile. Capa grossa, pesante e visibilmente pensante,
almeno, a un occhio attento e allenato. Arti lunghi e mobili,
zampe oversize e morbidissime, una sciarpa giallo e arancio
buttata con nonchalance attorno al collo e il corpo tutto in-
clinato in un verso. Incredibile. E, naturalmente, una lingua
rosa rosa (o, in questo caso, piuttosto, rossa rossa) e inequivocabilmente pronta alla slurpata. Così, realizzai, esisteva al
mondo un altro vero Sconvolto! Che notizia da dare a mio
fratello minore, pensai. Quello che, segretamente abbandonico, aveva sempre sofferto la sindrome di Esemplare Fin
Troppo Unico.

Preso dalla foga della scoperta mi accingevo a bussare al
portone dipinto di verde, quando la figura alla finestra improvvisamente sparì. Nessuno rispose. Eppure, ero certo che
la visione era stata reale.

Non avevo modo di appurare la cosa così su due zampe
e per di più surriscaldate: mi dovevo affrettare all'aeroporto per prendere il mio volo Pterodattylus Airline. Sul quale,
come da copione, rischiai di essere lanciato come bagaglio
(un umano regolarmente accreditato aveva voluto scambiare
il suo posto con il mio e io – pur sapendo – ursinamente mi
ero prestato).

Ero stato invitato al festival per uno stage sul grizzly sound
e il suo coté mediterraneo dal direttore in persona, l'esimio

A. A. (Avo Arch) ✠☒☒⅛☒. Compositore eclettico e etnomusicologo eccellente del quale, naturalmente, anch'io co-
noscevo l'opera omnia sulle sonorità ursine, in 52 volumi più
tre e mezzo di chiose e postille. Per me poterlo finalmente
conoscere di persona era un grande onore.

Stranamente, in nessuno dei suoi libri compariva un suo ri-
tratto e neanch'io mi ero mai fermato a immaginare le sue
sembianze. Così, quando mi venne presentato, con mia grande sorpresa, vidi la mia visione ursina di primo grado – che è,
per inciso, un'esperienza che può capitare anche agli umani,
ma solo agli Accompagnati o a quelli particolarmente sensibili e fantasiosi – riprendere esattamente dal punto in cui si
era interrotta.

Rimasi di stucco, come una tavoletta scolpita da uno dei
nostri valenti artigiani. Sì, perché anche lui era esattamente
come mio fratello Sconvolto e come la figura che avevo visto
dietro alla finestra in città solo poche ore prima. Fatto allo
stesso modo: capa tanta e pesante, pencolante dallo stesso lato, e lingua pronta alla slurpata cognitiva. Del tutto identico...
tranne per un qualcosa di indefinibile che non quadrava del
tutto nello sguardo. Come se – in un certo modo – mi guardasse più dritto. E, comunque, pensai, se fosse stato lo stesso
non avrebbe potuto arrivare nella vallata se non prendendo il
mio stesso volo.

Mentre ci stringevamo la zampa, il mio cervello di plantigrado si mise a zampettare come una gazzella e capii... come
avevo potuto non pensarci! Nei libri compariva con il suo

nome Avo Arch ✲☒☒ϒ☒, in originale – una lingua ermetica e poco diffusa ma che, dopo qualche giorno di permanenza nella Capitale Rossa, avevo cominciato a masticare passabilmente. E, in traduzione, il suo nome suonava esattamente così: Avo Arch Sconvolto.

Nel corso della conversazione mi rivelò di avere un fratello gemello di nome Grigory, che abitava nel mezzanino di una via centrale della capitale. A differenza di lui, che non disdegnava le luci della ribalta e praticava assiduamente l'uso di mondo, l'altro era un personaggio schivo: preferiva celarsi dietro uno pseudonimo, rifuggendo con adamantina testardaggine dalle lusinghe della notorietà. E, cosa conosciuta da pochi, era l'autore delle famose miniature che illustrano le nostre più importanti comosgonie e una dozzina delle visioni ursine fondamentali, dal primo al terzo grado. Questa sua attività, con l'attenta cura dovuta ai dettagli, nel corso del tempo gli aveva regalato un marcato strabismo. Ecco perché mi era sembrato che mi guardasse in modo strano.

A questo punto mi sembra doveroso aprire un inciso: se qualcuno fosse interessato, le loro opere si possono consultare presso la nostra Biblioteca Principale di Studi Ursini che, essendo itinerante, va trovata e rincorsa di volta in volta. L'ultima volta che ne ho sentito parlare si trovava nel bel mezzo della Cappadocia, in un palazzo segreto che si apre inaspettatamente dentro la roccia alle spalle di un minuscolo villaggio di campagna sperduto nel Medio Evo, ma con una parabolica svettante su ogni tetto sgarrupato. La sua grande sala di lettura, benché piuttosto buia e a tratti anche un poco umida, è un pregevole esempio di architettura, con un loggiato a tripla arcata sorretto da capitelli dell'ordine ursino, decorati con foglie di mirto. Opera di orsi scalpellini, chiamati così per vezzo, ma in realtà architetti, ingegneri e artigiani insieme, provenienti – come si può facilmente intuire – dal bacino del Mediterraneo.

Mi è corsa voce che scalpellini d'avanguardia della zona dei corruschi – cioè, gli orsi del freddo abitanti dell'estremo Nord – stiano terminando una nuova sede, con una sala di lettura in legno di betulla sormontata da un tetto formato da elementi a incastro in acciaio e vetro recuperato da bottiglie di vodka, quella con gli orsi polari sull'etichetta Se mi posso permettere di dire la mia, un vero strizzabudelle da camionisti.

Appuntamento al festival ursino jazz

Per essere precisi, come recita la dicitura ufficiale, Festival Ursino Jazz di Gandevank. Una jam session senza confini, assolutamente fantastica. Dove si suona di tutto e con tutto, con strumenti costruiti indifferentemente da mani e zampe o forniti dalla natura. Liane insieme a contrabbassi, sassofoni e tronchi d'albero, gocce di rugiada e xilofoni. Attrezzi presi in prestito dai nostri Scalpellini e rametti aromatici messi a disposizione dai nostri Cucinieri. Per una settimana intera le gigantesche canne d'organo formate dalla roccia, meraviglia naturale della remota vallata che avevamo scelto come sede, vibrano come non mai. L'anfiteatro naturale che si trova esattamente nel suo centro diventa un fitto pullulare di orsi di ogni varietà e colore, di musicisti ospiti – di ogni specie – e di spettatori umani, regolarmente accreditati. In mezzo al tutto, gli strepiti e lo sventolar di ali dei pterodattili.

A questi ultimi poi non rinunceremmo mai, socievolissimi e gran caciaroni, più che contorno sono l'anima della festa. E, devo ammettere, ci sono sempre stati molto simpatici. Sin dall'inizio quando ce li siamo, per così dire, ritrovati tra capo e collo, d'ufficio quando scoprimmo, quasi per caso, quella location. Splendida, maestosa, solitaria e, soprattutto, con un'acustica da non credere.

Ottenere il permesso di tenerci il nostro festival è stato tutt'altro che facile: da quelle parti di orsi non se ne vedevano più da tempo o, almeno, così ci dicevano. E erano loro, gli ultimi pterodattili, a abitarla e detenere i diritti consuetudinari della zona, riempendola delle loro cacofonie, metalliche ma perfettamente modulate. Così, l'uso della vallata ci venne concesso solo dopo lunghe e estenuanti contrattazioni con il governo centrale, in cambio di posti di lavoro alla svantaggiata comunità locale.

Ricordo ancora il giorno che dovevamo prendere la nostra decisione. Avevamo di fronte il comitato dei pterodattili al completo, rumorosamente ansiosi di dare una svolta alla loro vita professionale, fino a allora piuttosto languente. Li osservammo con attenzione, ci guardammo bene tra di noi. Riflettemmo a lungo. All'unisono trovammo la soluzione. Che cosa potevano mai saper fare quelle scagliose e disordinate creature rimaste dal passato remoto? Ovviamente, volare.

Ecco come entrò in servizio la Pterodattylus Airline, vettore ufficiale del festival e unico collegamento con la Capitale. Inutile cercarla negli elenchi delle compagnie aeree: ha degli standard tutti suoi. E ormai noi lo sappiamo anzi, ci divertiamo a vedere la reazione di qualche sprovveduto umano accreditato che se ne serve per la prima volta. Osserviamo la sua titubanza quando viene sistemato nelle grandi sacche di tela attaccate lungo i fianchi dei velivoli, il rivolo gelido che gli scende implacabile lungo la schiena al momento del decollo e il terrore generalizzato durante il tragitto.

Poi, il momento che pregustiamo con grande voluttà: lo sgancio del bagaglio. Un'operazione per niente pianificata, che di solito avviene a mezz'aria e nel momento più imprevedibile. Un piccolo singhiozzo inconsulto del velivolo precede di un non nulla una omerica scia di valigie, borse da fotografo, cesti da picnic, shopper e portagiacche che volteggiano per qualche minuto nell'aria e vanno a cadere, come aquiloni multicolori, su dirupi, boschetti e rogge di acqua sorgiva. Aprendosi, infrangendosi o semplicemente andando a inguattarsi tra le frasche. Le considette operazioni di recupero sono in genere del tutto aleatorie. Ecco perché la valle è piena di tumuli tondeggianti. Sono i lost luggage, i depositi dei bagagli smarriti, ormai ricoperti da un morbido strato di erba novella e completamente mimetizzati con il paesaggio.

Scheda tecnica

Nome:	Pterodattylus Airline
Sede:	Vallata di Gandevank
Capitale sociale:	36 $ USA e 28 cents tra valuta locale (solo spiccioli di tolla con un buco in mezzo), pteropatacche (fatte di fango, scaglie e erba compattati) e donazioni varie. In compenso, molta buona volontà
Rotte:	1 (La Capitale/Vallata di Gandevank)
N. vettori:	5
Tipo:	Nonno e papà Pterodattilo un cognato, due cugini
Capacità:	24 passeggeri, in sacche monoposto
Posti assegnati:	Sì

Comfort:	Per modo di dire
Rumorosità:	Elevata, soprattutto quando il velivolo/capitano si mette a cantare
Servizi a bordo:	Fai da te
Catering:	Si consiglia il digiuno
Sicurezza:	Sta in aria
Reclami più frequenti:	Perdita irrecuperabile del bagaglio, sussulti durante il volo, rumorosità molesta (velivolo/capitano stonato e/o alticcio)

Arrivano sul palco le orsatte del rembetiko

La serata conclusiva del festival stava per avere inizio e le aspettative erano ormai alle stelle (non solo in senso figurato, qualcuno di noi si era già librato in cielo e volava sempre più alto, sospinto da un vento favorevole). Quando incominciarono a cantare loro, tutto si fermò. Persino gli pterodattili ammutolirono, cosa che non avveniva da qualche milionata di anni. Come il resto del pubblico, tutti folgorati, rapiti dalla roca intensità di quelle voci che riuscivano a mandare brividi fino all'ultima scaglia, trafitti dalle note di sofferenza pura che intrideva del sapore dolceamaro delle lacrime le loro rime.

Con gli occhi bistrati per far risaltare ancora di più la profondità delle pupille di giaietto e la lucentezza del pelo bruno, folto e vellutato, le orsatte del rembetiko erano salite tutte insieme sul palco, dove si sarebbero avvicendate con una canzone ognuna prima del gran finale collettivo. Alcune erano completamente e splendidamente *nature*, altre avvolte in scialli orientali che rivelavano nelle morbide pieghe iridescenze inaspettate, o adorne di bracciali con ciondoli sonanti e monili etnici. Pochi, ma scelti con grande cura.

La maggior parte teneva tra le zampe un lungo bocchino di avorio con intarsi in filigrana d'argento, qualcuna un narghilé e le più selvatiche cartine di pergamene rare che servivano a arrotolare sigarette sottili e pungentemente aromatiche. Perché una delle caratteristiche delle orsatte del rembetiko, oltre a condurre una vita poco regolare, soffrire oltremisura per amore e per disagio di vivere, ballare sui tavoli, spaccare bicchieri e fare le notti bianche, è quella di fumare a catena cannella. E qualche volta anche fiori di garofano.

Nel giro di pochi minuti, tutta la sala era avvolta in una nuvola inebriante da far perdere la testa. Avo Arch Sconvolto, che aveva avuto il suo bel da fare per convincerle a partecipare al gran finale del Festival dove avrebbero proposto il repertorio del Cafè Arkouda, il loro club che in estate diventa itinerante — e che quindi, come le nostre biblioteche, va rincorso di volta in volta — era particolarmente fiero di presentarle. In una introduzione, durata lo spazio di due tomi corredati da illustrazioni in 3D a quattro colori più uno di citazioni e postille con annotazioni criptate a margine vivo.

Ma il pubblico era come ipnotizzato, mentre lui raccontava del filone che alcuni critici avevano definito "il blues dell'Egeo" e di canzoni che testimoniavano un singolare periodo di compenetrazione tra le nostre due sfere, quelle che le orsatte avevano imparato da umane vissute tra Costantinopoli e l'Asia Minore. Outsider di tutte le società e dive delle bettole più malfamate del Pireo e di Salonicco — la Roza, la Rita, la Marika, la Sotiria˙ e molte altre ancora — e i pezzi che, a loro volta, avevano composto o rielaborato in arrangiamenti di origine mista (fusion, per dirla con il vostro linguaggio corrente). Un patrimonio tramandato di generazione in generazione, ma esclusivamente tra umane e orsatte rebetisse. E poi, il resto fecero le loro voci, fino al gran finale collettivo.

---

* Roza Eskenasy, Rita Abatzi, Marika Ninou, Sotiria Bellou

Quella serata se la ricordano anche gli pterodattili perché in quell'occasione venne loro affidato un compito speciale che considerarono un grande onore e svolsero alla maniera loro. Fare da spetalatori. Coloro, cioè, che nei café chantant tengono in mano cesti di petali di rosa appena recisi da gettare come frequente omaggio sulle cantanti, sul pubblico che si mette a ballare sul palco, a sognare sopra il bicchiere o a singhiozzare sotto al tavolo. Data la loro mole e il loro entusiasmo, pressoché pari, le orsatte finirono sommerse fino alle orecchie da montagnole fragranti, lasciando scoperti solo gli occhi di giaetto che mandavano bagliori in tutte le direzioni.

Fino allo scoccare preciso del venticinquesimo *aman aman* del loro ultimo refrain. Una sorta di reiterato lamento cosmico, un distillato di sofferenza pura comune anche alle cantanti umane, ma che le orsatte risolvevano in un modo del tutto particolare che Avo Arch Sconvolto ebbe a definire "*applicazione sui generis ma di grande efficacia e beneficio per noi e — forse — per l'umanità in ascolto del nostro secondo principio fondamentale: C'è un limite anche per noi orsi*". A questo punto, pestando con forza per terra fino a non sentire più la zampa indolenzita — perché è convinzione errata che la ricerca della leggerezza non costi fatica — le orsatte si danno la spinta e cominciavano a alzarsi da terra, in libera e catartica levitazione.

Ogni volta che questo succede, al Cafè Arkouda gli inservienti lasciano i lucernari aperti, così che le orsatte possono uscire per unirsi volteggiando alla notte stellata. Seguite da una scia di petali profumati, dai musicisti (ursini) insieme ai loro strumenti e da qualche umano che è riuscito a staccarsi da terra. Nessuno di voi plantigradi a due zampe portanti è mai caduto, a parte che noi saremmo comunque intervenuti per tempo. E, poi, ce l'avete raccontato in tanti: pare che sia un po' come scoprire tutto a un tratto di saper nuotare. Solo molto meno comune.

Di estate, isole e terrazze

Il nostro festival cade quasi esattamente nel mezzo della stagione più felice per il mio umano, e quindi anche per me. L'estate, bagnata di luce e colorata di blu che per noi inizia e termina con il film, sempre uguale e sempre diverso, che ci si offre dalla finestra della torre a picco sul porto nella nostra casa putativa sull'Isola un po' più grande giù nell'Egeo.

Pilotine arancioni che trascinano piroscafi giganteschi, velieri che scivolano lenti dentro e fuori la nostra visuale, pescherecci beccheggianti tra i flutti. Cargo che si profilano massicci all'orizzonte nella luce lattiginosa dell'alba, le luci tremolanti dei traghetti nella notte. L'imprevedibile gioco a nascondino dell'Anatolia, vicinissima ma imprendibile, che appare e scompare di fronte a noi a seconda del vento. Accompagnato dalla nostra colonna sonora preferita, *"Noi che odoriamo di salmastro, siamo delle isole"*, titolo di una poesia in musica di incerta datazione, ma senza dubbio frutto di una collaborazione mista tra plantigradi a due e quattro zampe portanti

In questi mesi, che si srotolano magici e sereni, io e il mio Accompagnatore amiamo dedicarci al nostro passatempo preferito, il collezionismo di isole. Che poi ci divertiamo a scambiarci a vicenda.

L'isola degli orsi capitani

Noi, la chiamiamo così. L'isola degli orsi capitani. Perché tutti gli abitanti sono orsi, esclusi 63 umani, 4000 capre e 250 pennuti, del tipo volante e razzolante. Forse, *capitani* è un termine parzialmente improprio, ma tutti, in qualche modo, hanno a che fare con il mare.

Alcuni, capitani lo sono stati o lo sono davvero. Uno ha tenuto il timone del Capo Sandalo negli anni d'oro, quando spandeva il suo pennacchio di fumo nel canale di San Pietro, un altro ha coraggiosamente evitato che il Venetia, un vecchio traghetto dagli interni di legno, andasse a schiantarsi sulle rocce sotto la rocca di Monolithos un inverno particolarmente selvaggio. Due gemelli solcano i mari da molti anni, uno al comando di una bananiera che trasporta dal Rio della Plata mango surrettiziamente ripieni di diamanti, l'altro a bordo di una maltese speronara che si è costruito da sé. Quando si incontrano mettono in scena finti arrembaggi con caccia al tesoro per far divertire l'equipaggio.

La maggior parte degli orsi arriva qui da ogni parte dei mondi per una particolare forma di thalassoterapia – bere il mare con gli occhi, infallibile metodo di rilassamento e ricarica. Ai più bisognosi e agli ospiti di riguardo, i capitani residenti prestano le loro case, tutte affacciate in posizione privilegiata sul porto e con un balcone di riccioli in ferro battuto. Anche io finora ho visitato tre balconi. Quello di cemento del vecchio magazzino di spugne, dove l'ultimo sole della giornata era mio. Quello alto, proprio nel centro del paese, nel tratto che dal porto si incunea verso l'interno, dove tutto il via vai del molo era mio. E il balcone più in basso, in una grande casa dagli scuri verdi e tante finestre, proprio in punta d'acqua, dove mi giungevano nitidi ogni increspatura di onda e ogni colpo di remo. Lì mi svegliavo la mattina riempiendomi gli occhi di mare senza dover fare niente di più che sollevare lo sguardo dal cuscino e potevo scrivere ammirando la stessa vista anche dal caldo del salotto, nelle giornate più umide e ventose. Cosa che anche il mio umano apprezzava in modo particolare ogni volta che mi veniva a trovare.

Al pomeriggio, appena calato il sole, tutti e due non vedevamo l'ora di tornare al nostro balcone, così minuscolo che dovevamo usarlo a turno. E lì ci sentivamo lontani da ogni intrusione, protetti dal fastidioso assedio della *cosmologhia*.

Allora mi veniva in mente quel grande solitario, Simone lo Stilita che, secondo l'iconografia tradizionale è raffigurato appollaiato sul suo balconcino, per l'appunto monoposto. Lassù, al di sopra di tutto, ma dopo tutto aver visto e provato. Anch'io, che pure non posso dire di aver tutto visto e provato ma che ursinamente provo a immaginare, mi sentivo così. E, in certe giornate di gran maestrale lì ci ho pure levitato – devo confessare – qualche volta anche involontariamente. Dalla sedia dove stavo il vento mi sollevava a forza e, quando con me c'era il mio umano, io mi facevo trattenere per una zampa. Perché, lo sapete, ci fa sempre piacere farci felici a vicenda.

Dalla poesia alla prosa

Le ragioni dell'economia non sono sconosciute a noi orsi che, per quanto preferiamo signorilmente ignorarle, a volte siamo costretti a sottostarvi. Anche in quei frangenti, cerchiamo di farlo con un filosofico distacco misto a sano realismo. Per questo abbiamo deciso di dare l'avvio a due importanti e rispettose operazioni commerciali destinate a finanziare la nostra placida e contemplativa vita isolana. Con una, ospitiamo ogni estate una clientela selezionata di umani (80 al massimo e quasi tutti very british), alla ricerca di autenticità senza eccessive scomodità.

Affittiamo loro confortevoli case dotate di cannocchiale per osservare l'arrivo e la partenza dei traghetti di linea, l'unico diversivo esistente. A scadenza bisettimanale, venerdì e martedì pomeriggio, condizioni del mare permettendo. Come plus offriamo loro lo spettacolo serale dello scarico delle casse di patatine precotte – le loro preferite – che credono lettini da spiaggia destinati a quelli che arriveranno dopo di loro. Non so perché, ma sembra aggiungere un frisson in più, facendoli sentire come ospiti privilegiati prima del presunto pienone. In ogni caso, funziona sempre e li tiene occupati per ore intere mentre mandano giù le patatine precotte (non si sognerebbero mai di ordinare altro, troppo pavidi, beneducati o di palato conservatore per chiedere alternative).

Di giorno se ne stanno sulla spiaggia, in preda a atarassia profondomediterranea. All'ora del tramonto passeggiano sul lungomare nei loro panama e veli di lino fino alla bottega del vecchio Petros, che vende olive polverose e feta di annata ma ha scaffali stipati di bottiglie da alta enoteca. Entro le undici e mezza sono tutti a casa, a imbibire con grazia sulle loro terrazze come, peraltro, molti fanno – sempre con inappuntabile grazia – già dalla prima mattina. In compagnia delle loro letture preferite, a seconda delle inclinazioni, l'opera omnia socratica o la collezione integrale di airport novels completa di scarti editoriali.

Come debito di riconoscenza i nostri ospiti umani paganti raccolgono collette per assicurare abbondante vitto in inverno ai 200 gatti malmostosi dell'isola che, basta guardarli, introgolano così senza ritegno d'estate che non vogliono vedere altro cibo per almeno sei mesi. E, a insaputa dei loro benefattori, scambiano le derrate solidali con pillole dimagranti. Con questa attenta gestione dell'isola, riusciamo a ottenere una confortevole prosperità che ci permette di viverci tutto l'anno.

***

Tutt'altra faccenda, invece, è stata accontentare le richieste di un folto contingente di residenti abituali. Le capre. Loro sostenevano di annoiarsi a morte, tutto il giorno a belare per le vie del paese (ma non troppo vicino alle case degli stranieri da rovinare la loro siesta), sulla strada della spiaggia a fare colore locale e saltellare dappertutto per fratte, tra rovi, ulivi, cespugli di timo e rosmarino. Ma, la sera, quando calava il buio, era il vuoto assoluto.

Noi orsi, invece, dicevano con tono polemico, avevamo i nostri pensieri da consumare lentamente, la nostra musica segreta che trapelava dalle persiane accostate, i nostri ospiti – umani e non – i nostri cenacoli filosofici. *"Unfair"* ripetevano. Un termine che avevano imparato dai nostri britannici e colti ospiti paganti e che amavano sciorinare a ogni occasione, per lo più impropriamente.

Avevano già formato da tempo una loro band, Kapra & Kavoli – a dire il vero non poi così malvagia – e ora pretendevano anche una discoteca, il Kapro Espiatorio. Finora, ogni volta che ci avevano invitati a un concerto ci eravamo chiesti che cosa mai avessimo da espiare. Il problema non erano tanto loro, quanto i gruppi dalle isole vicine e più turistiche, con una spiccata predilezione per accozzaglie sonore senza nome.

Così, decidemmo di abbinare il progetto culturale a un doveroso piano di contingenza. In primis, non volevamo una discoteca qualunque. Poi, considerati i possibili esiti musicali, ritenevamo indispensabile che non si rischiasse di turbare orecchia alcuna, umana, ursina o altro. Per questo, fu deciso di riconvertire un allevamento di pesci dismesso nella parte più remota dell'isola in locale galleggiante su progetto di un architetto spagnolo d'avanguardia, per farne un laboratorio di nuove sonorità fusion. Sperando bene.

Alle capre fu anche messo a disposizione un mezzo di trasporto in modo che non si dovessero affaticare prima della serata. O, peggio, rovinare la costosa discogear acquistata per mail order a prezzi esorbitanti da un mercante londinese.

Il punto di raccolta è sempre lo stesso, davanti alla cabina telefonica sgarrupata lungo il sentiero che porta alla spiaggia dove razzolano i galli esiliati dal paese, rei di disturbare il sonno degli ospiti paganti con i loro canti in punta d'alba. A vedere le capre salire sul pickup giallo fosforescente i nostri ignari umani paganti amano abbandonarsi a sentimentalismo avanzato e toni da tragedia, nel più puro stile mediterraneo imparato in approfondite ricerche nelle biblioteca del paese loro. Ancora peggio se acquisito all'ultimo momento come parte del pacchetto turistico. Verranno spostate di pascolo, si domandano, o diventeranno lo stifado di domani? In realtà, stanno solo partendo per una normalissima serata sotto luci stroboscopiche. Intanto, così noi teniamo tutti quanti occupati e felici.

Lettere al Times

Spettabile Redazione,
The Times
London

Sirs,

Ritengo mio dovere elevare vibrata protesta contro quanto accade sull'isola cosidetta degli Orsi Capitani, dove ho recentemente trascorso un soggiorno di quindici giorni, prenotato con largo anticipo tramite un'agenzia inglese di solida reputazione. Pur non avendo nulla da eccepire sullo standard dell'ospitalità, desidero segnalare una situazione di discriminazione che ritengo francamente incresciosa. Ho avuto ampio modo di notare che i suddetti plantigradi – benché numericamente in netta minoranza – si riservano le terrazze e i balconi con la vista migliore di tutto il paese. Tal cosa mi ha riempito di stupore. Non mi risulta che alcuno statuto speciale abbia loro concesso codesto privilegio e, inoltre, sono cresciuto nella ferma convinzione che queste creature fossero per natura avvezze alla vita rude e spartana all'aria aperta e ai lunghi letarghi in buche umide e muschiose.

A seguito del mio interesse per l'ornitologia comparata, sviluppato dopo aver lasciato l'esercito di Sua Maestà con il grado di colonnello maggiore (ricorderete i miei frequenti interventi sul vostro quotidiano in merito agli sconvolgimenti climatici e al progressivo ritardo della comparsa dei primi cucù di primavera nelle nostre contee del Sud Est), e avendo avuto modo di percorrere a l'isola in lungo e in largo a piedi, ho avvistato e debitamente mappato una quantità di caverne, villaggi semidiroccati e spelonche sperdute in aperta campagna. A mio avviso, molto più adatte come tane di orsi della decadente mollezza dei saloni affrescati delle dimore neoclassiche o dei balconi decorati da volute in ferro battuto. Tutto questo, tengo a ribadire con fermezza, a discapito di noi umani regolarmente paganti.

Dall'alto della mia indignazione,

sinceramente vostro

(lettera firmata)

Egregio lettore del Times,

Prima di tutto, mi lasci dire che non condivido né la causa della sua indignazione né la sua interpretazione della vita ursina. Della quale lei sembra conoscere solo una versione estremamente riduttiva e antropocentrica, ormai ampiamente superata. O, per dirla alla nostra maniera, c'è un limite anche per noi orsi. È vero che, agli albori della nostra storia abitavamo in tane scavate nel terreno e tappezzate di foglie secche – per quanto non mi risulta che voi umani abbiate fatto molto diversamente, tanto che a volte persino le condividevamo a rotazione – ma il tempo non è passato invano. E la sua lettera dimostra una suprema ignoranza della nostra cultura in generale e delle nostre forme dell'abitare in particolare. L'egregio lettore si è mai spinto oltre l'ingresso di una caverna, là dove finisce di essere solo una caverna qualunque e diventa un palazzo ursino? Si è mai chiesto quanti interventi architettonici e urbanistici siano da attribuire a zampa plantigrada? Nel caso questo esercizio crossculturale le risulti ideologicamente ostico, o addirittura ripugnante, le propongo di confrontarsi su un piano più terra terra: accetterebbe mai, esimio lettore, di scambiare la sua villetta con terrazza sull'isola, adatta a imbibire con grazia e ad libitum ammirando il tramonto sul mare, con con una spelonca buia, umida e senza vista?

Vorrei inoltre fare presente che noi orsi, quell'isola, l'abbiamo scoperta e abitata quando non era il paradiso che può sembrare oggi. La sua è una pace conquistata a caro prezzo, e solo di recente. La notte, vedevamo lingue di fuoco alzarsi minacciose dietro l'isolotto a forma di tartarugone che sembra proteggere l'imboccatura del porto, mentre alle sue spalle salivano il fumo e l'acrore di tante battaglie. Gli elementi la flagellevano d'inverno e il calore la stremava d'estate. Gli umani non avevano altra scelta che abbandonarla, fino a trasformarla in un anfiteatro di facciate scrostate dagli occhi vuoti. Persino le capre la abitavano malvolentieri e, nel solo 1956, come rileva un censimento dell'epoca, oltre 3460 emigrarono tra Sidney e Melbourne. Alcune aprirono ristoranti di discreto successo, altre diventarono taxi drivers, ma la maggior parte dovette adattarsi a umili lavori o all'assegno di disoccupazione. Una ventina di anni fa, sono stati gli orsi capitani a riscattare l'isola dall'oblio, trasformandosi in muratori, scalpellini, fabbri, giardineri e, per necessità imprenditori. Sono stati gli orsi capitani a far tornare umani e capre che non avevano fatto fortuna all'estero, pagando loro il passaggio in aereo o in nave perché *what is fair is fair*. Per il resto, la storia più recente della nostra presenza sull'isola è ampiamente nota e riportata in traduzione anche sul giornaletto distribuito gratuitamente dall'agenzia inglese di solida reputazione alla quale lei si è rivolto. Da, ultimo, vorrei anche ricordare il numero dei matrimoni misti sull'isola. Sicuramente l'esimio lettore, che ogni mattina scende al forno a comprare la sua milopita calda, avrà notato qualcosa di particolare nell'aspetto del figlio del panettiere...

Ursinamente suo,

Orso

Racconti du schöggiu

Comincia a imbrunire, sulla piccola isola dell'isola del mio Accompagnatore. E, come tutte le sere, i carruggi tornano a animarsi. Scricchiolii, voci, musica, rumori domestici. Il soffio di un vento leggero e insinuante che porta frescura. Le pietre arroventate dell'acciottolato sembrano distendersi e ritrovare pace. Una dopo l'altra le porte si aprono e iniziano a fuoriuscire sedie, matasse e gomitoli, canestri di verdure da pelare, fagiolini da mondare, capperi da salare. Poi, loro. Le umane. Maria, Schiavina, Bonaria, Teresa e le altre. Nel giro di qualche minuto le sedie si riempiono delle rispettive proprietarie. Uncinetti, aghi e ferri da calza sono già in posizione, pronti a afferrare il filo, mordere la tela e incrociare fitte maglie.

Qualcuna osserva con impazienza la pendola di casa e comincia a rivolgere lo sguardo in alto, verso la terrazza, nella parte più stretta e animata del carruggio intitolato a un erudito locale del Settecento. "Perché questa sera tarda?", si chiedono, senza dire una parola ma scambiandosi l'una con l'altra sguardi interrogativi. Basta un guizzo degli occhi di giaetto e di colpo si alza un unico coro che fende l'aria spandendosi in mille echi: "*Ursu, ti vegni?*" Cadenzato, imperativo e totalmente convincente.

Allora capisco che è proprio ora di andare. Prendo il mio cadreghino di legno dipinto color mare – mi diverto a chiamarlo così perché è veramente minuscolo per le mie terga da orso in modalità *full size* – e una nassa fatta da un amico pescatore dove tengo tutte le mie cose, e scendo le scale. Fatico a trovare l'equilibrio, i talloni mi continuano a scivolare fuori dai gradini e le unghie non riescono a fare presa, sono scale troppo strette anche per i piedi degli umani e mi chiedo chi mai le abbia inventate. Bizzarro. Ho visto alcuni scenderle di spalle, come se fossero scalette di barca, altri gettarsi da basso a capofitto.

Quando apro il portone, quello dipinto di bianco con la pianta di pomodoro che spunta dalla grondaia, si alza un brusio di soddisfazione. Finalmente! Come ogni sera, mi siedo in mezzo al vicolo e comincio a raccontare fino a che nel buio non si distinguono più i nostri contorni. Anch'io ho portato filo e uncinetto, in omaggio più che al nostro primo principio fondamentale, *"ursinamente mi presto"*, alla raccomandabile pratica del reciproco scambio di conoscenze. Dalle umane ho imparato a fare centrini, tovagliette e bordi a ricamo, che stipo in uno scatolone a righe bianche e indaco sotto il letto.

Non so mai dove ci porterà la serata prima della consueta chiusa con la ricetta per il giorno dopo ma loro, come me, sembrano sempre alla ricerca di orizzonti liquidi e salmastri, o, per dirla nella loro parlata *"schöggiu chiama schöggiu"*. Così, mentre ripasso la maglia all'incontrario e il punto cappero, una variante locale della grana di riso, inizio con una delle nostre cosmogonie ursine più note.

L'isola degli orsi del miele

C'era un'isola lunga e irta, come una cima di montagna accartocciata e gettata nell'indaco del mare, che terminava con un sottile sperone di roccia dove vivevano gli orsi. Accessibile solo via mare. La navigazione era lunga e perigliosa, si doveva costeggiare un'alta parete striata di grigio e rosa che sembrava non finire mai. Una rotta che anche gli umani usavano seguire, per cercare calette di ciottoli riparate e deserte dove stare sdraiati sotto il sole senza preoccuparsi di dover dare forma ad alcun pensiero. Ma, per qualche oscura ragione, non riuscivano mai a oltrepassare un punto. Quello dove si incontravano due statue scavate nella roccia. Enormi e possenti. I colossi ursini. I musi rivolti verso il cielo, poggiavano l'immane peso sulle zampe divaricate, ma davano l'impressione di galleggiare sull'acqua. L'eco dei canti ursini giungeva a ondate, tanto lontano da sembrare indistinguibile, e alle orecchie di quasi tutti gli umani non era che un rumore sconosciuto e inquietante. E proprio a questo punto si sentivano costretti a tornare indietro, come spinti da una forza invincibile. Poco oltre, la parete di roccia si apriva in una mezzaluna bucherellata, un anfiteatro naturale bordato da una lingua d'acqua immobile e scintillante che si bagnava di tutte le sfumature del verde e dell'azzurro. Era il rifugio degli orsi del miele. Ogni arcata di pietra, ogni buco nella roccia celava l'entrata di una caverna che, a sua volta, nascondeva il palazzo segreto di un orso. Un labirinto di stanze immerse nell'ombra e scintillanti di tesori, tappezzate di tappeti multicolori e scaffali carichi di codici miniati, pervase da un lieve sentore di polvere mischiato a salmastro. Erano sale e corridoi che si perdevano in meandri e meandri fino a raggiungere il centro dell'isola. Si dice che alcuni palazzi arrivassero fino al versante opposto, ad affacciarsi su un altro braccio di mare. Durante il giorno gli orsi si scaldavano al sole, piluccando dalle arnie sparse sulla collina. Oppure nuotavano pigramente, spostando appena la superficie dell'acqua con movimenti lenti e meditativi e, quando avevano fame, non avevano nemmeno bisogno di tornare a riva. Si avvicinavano alle arnie che galleggiavano accanto agli scogli, ci tuffavano la zampa e, galleggiando sul dorso, succhiavano i favi grondanti di miele. Qualche volta tornavano a terra per un sorso o due di raki ghiacciato conservato in orci di terracotta. Ma, poco prima del tramonto, si ritrovavano tutti insieme. Si distribuivano tra la mezzaluna di ciottoli, il declivio e la sommità della collina. In piedi, in tutta la loro altezza e possenza, le zampe ben piantate nella terra, gli occhi rivolti in avanti, dove la linea del mare si confondeva con quella del cielo. E intonavano i canti ursini, che iniziavano profondi e salivano in ondate fino al cielo al di sopra della parete di roccia. La superficie dell'acqua, solitamente immota, vibrava leggermente, spandendosi in cerchi concentrici.

Di solito, e per amor di contrasto, mi piace proseguire con un altro racconto che invece ha che fare con un capitolo piuttosto oscuro e drammatico della nostra storia, segnato da un rapporto conflittuale con il genere umano – non per nostra volontà, quanto a causa di un eccesso di applicazione del nostro primo principio fondamentale e del conseguente, necessario e doveroso, ricorso al secondo. Un episodio, tengo a precisare, destinato a non avere seguito e che, anzi, avrebbe segnato un nostro decisivo affrancamento e aperto nuovi orizzonti nelle relazioni tra le rispettive specie. Quantomeno, da parte nostra.

Gli orsi sentinella del Mani

I manioti, dalle folte barbe brune e dallo sguardo fiero rutilante di bagliori sinistri, riuscivano a farsi paura da soli. Un effetto sul quale contavano molto. Vivevano in punta a un dito solitario del Peloponneso, in borghi fortificati arroccati su dirupi come nidi di aquile, in torri arcigne con la porta d'entrata all'altezza del secondo piano e una scaletta di legno che veniva tolta ogni volta che qualcuno usciva o entrava, per evitare che un rivale ne approfittasse per espugnarla. Erano costantemente in lotta tra loro, famiglia contro famiglia, fazione contro fazione. In secoli di storia non avevano mai composto una poesia o una canzone, ma solo interminabili lamenti funebri e maledizioni terribili, peraltro in inappuntabili rime baciate. Per intimidire ancora di più i vicini, le famiglie più facoltose cominciarono a tenere un orso bruno di vedetta nella garitta in cima alla torre. Dapprima si limitarono a farli arrivare dell'Epiro, ma non passò molto tempo che si scatenò una vera e propria gara a chi se li faceva spedire dai paesi più lontani. Più imponente era l'orso, più cresceva la posizione sociale del proprietario. E, visto che le garitte erano tutte delle stesse dimensioni, più grossi erano gli orsi più stretti stavano, tanto che non solo erano costretti a rimanere sempre in piedi, ma il pelo gli si rovinava a forza di sfregare contro le pareti di pietra. D'inverno non riuscivano nemmeno a battere i denti per il freddo, d'estate non avevano spazio per tirare fuori la lingua. Le garitte guardavano in direzioni diverse, la maggior parte su una montagna tenebrosa coperta di boschi inceneriti, e qualcuna verso la tortuosa mulattiera che sembrava inerpicarsi contro la sua volontà fino al paese. Solo una torre, la più stretta di tutte, spaziava oltre la pietraia e i dirupi, fino a una distesa di blu che si confondeva con il cielo. Il mare. Come tutti i suoi simili, il suo orso di vedetta non l'aveva mai visto prima, ma se ne sentiva irrimediabilmente attratto. Volle raccontarlo agli altri. Presto la voce si sparse e altrettanto lo spirito di libertà. In gran segreto, gli orsi formularono un piano di fuga, convenirono un segnale e decisero di attendere il momento propizio. Un giorno, quando tutti i manioti erano fuori casa per l'immancabile funerale, chi per piangere una perdita, chi per festeggiare la morte violenta di un rivale, gli orsi si districarono con grande fatica dalla loro angusta prigione e incominciarono a scendere i gradini di pietra che conducevano alle stanze degli umani. Lì si guardarono intorno e non riuscirono a trovare che moschetti e pistole appoggiati al muro e sempre pronti all'uopo, barili pieni di polvere da sparo e cassetti foderati di bende. Nelle madie di cucina ammuffivano pezzi di pane raffermo, tocchi di formaggio di pecora maleodorante e otri di un vino tanto forte da spezzare le zampe. Finché, quasi per caso, uno di loro scoprì l'angolo della camera da letto dove le mogli e le figlie maniote nascondevano il loro corredo nuziale. Lenzuola candide dai bordi di merletto, fragranti di ferro da stiro e erbe selvatiche. Asciugamani di lino bordati da lunghe frange e morbidi scialli ricamati con fiori e spighe di grano. Li presero e uscirono, incamminandosi in fila in direzione della grande distesa color indaco. Quando arrivarono alla striscia di ciottoli bianchi e levigati che la orlava distesero lenzuola, asciugamani e scialli e ci si sdraiarono sopra. Finalmente potevano respirare. Il pelo, finora costretto da una morsa di pietra, cominciava a distendersi. Una sensazione di calore carezzava il loro corpo. Da lì per la prima volta videro le torri, avvolte da una cortina di nubi sfilacciate e grigiastre. Tetre, minacciose, assurde. Erano, decisero, cosa da umani della peggior specie. E non ne sarebbero più stati complici. Lì si sentivano forti e sicuri, in grado di resistere alle minacce di qualsiasi maniota. Ma non li incontrarono mai più: quelli avevano sempre avuto paura del mare. Fu così che ebbe fine la tradizione degli orsi sentinella del Mani.

Sempre tricottando, di racconto in racconto, di canzone in canzone – le umane dell'isola ne sfornano di incredibili, tutte in dialetto e condite di arguzie e pettegolezzi di scoglio – la serata scivola piacevolmente in una notte spessa e trapunta di stelle, che ci circonda come una gigantesca coperta.

Qualche volta, quando sono in viaggio o accompagno il mio umano nei suoi, mi sostituisce mio fratello, Sconvolto. Naturalmente, con uno stile tutto suo. Il cadreghino, per lui è ancora più stretto. Ma la sua mente spazia. E spazia, come di consueto, nel mondo marino. Anche lui ha il filo di cotone, ma invece dell'uncinetto usa un mezzo guscio di cozza, dalla parte appuntita. Per fare centrini e presine a forma di pesci danzanti, seppioline cantilenanti, polipetti dagli occhi stretti, mazzancolle scintillanti. E formidabili vele latine con inserti a traforo che rendono le barche dell'isola ancora più guizzanti durante le regate.

Da parte loro le umane, Maria, Schiavina, Bonaria, Teresa e le altre, hanno cominciato a cucinare, sferruzzare e uncinettare creativo, mescolando ingredienti come non avevano mai fatto prima. Persino i bambini delle scuole avevano messo insieme un libriccino di ricette fantasiose a base di tonno che lui aveva provato – e goduto – una per una. Ogni estate le creature marine a maglia sconvolta usate per addobbare il gran pavese delle barche durante la festa del patrono si vendono per beneficienza, ormai contese a caro prezzo anche dai turisti, insieme ai capperi canditi, al caramello di tonno e alle bombette dolci di cialda di ceci ripiene di crema pepe-roncina che stanno facendo impazzire i gourmand di tutto il mondo.

"Chillo scoglio", dice spesso Sconvolto facendo schioccare i polpastrelli in segno di apprezzamento, "'na vena accussì l'ha sempre tenuta. E, magari, pure due". Sarà per questo che ci stiamo così bene?

***

E proprio la sua vena (o due) accussì che tanto apprezzia-mo ha fatto in modo che, fin dall'inizio, a chiunque sembras-se del tutto normale veder girare per l'isola un grizzly in mo-dalità full size. Quando poi cominciarono a chiamarmi Ursu, alla maniera locale, ne fui davvero orgoglioso: capii che avrei potuto essere accettato nella comunità.

Devo dire invece che il primo arrivo di Sconvolto è riuscito a sollevare qualche sopracciglio, se non altro per pura curio-sità. Perché lui – che per inciso anche in modalità di *portabi-lity* è già esagerato – segue dei percorsi cognitivi decisamente poco ortodossi. Durante la traversata si sarebbe già slurpato le fiancate del traghetto così deliziosamente salmastre e, una volta sbarcato, si è dedicato con metodo a esplorare palmo a palmo il centro storico di quello scoglio così saporito. "'Na slurpatella qui, 'na slurpatella là".

Tutte quelle facciate a tinte pastello, le verdine che sape-vano di pistacchietto e di pesto, le azzurrine di anice, le ocra chiaro di bottarga e di ricci di mare. Le rosaconfetto gli ricordavano la taramosalata – un piattulillo a base di uova di pesce che il padre che viveva in Grecia gli aveva insegnato a preparare, colorandolo di pigmenti naturali. Ogni tanto si rifaceva il palato con le decorazioni di stucco bianco che avevano un po' sapor di zucchero e un po' di sale. E lasciava sempre da ultimo le sue preferite. Le due coppie di polene che sostenevano le solette dei balconi, le Limoncine, dipinte di giallo agrume e le Zafferane, di un caldo giallarancio. Roba da doppia slurpata. O, per dirla a modo suo "'na vera poesia".

Oggi, chiedere a uno chef dell'isola "fammi un piatto alla Sconvolto" è (quasi) normale. Per quelli di loro che apprezzano è (quasi) un onore.

Press cuttings

Recentemente sono apparse su diverse riviste recensioni sulla cucina di mio fratello. Le riporto, così come sono, unitamente alle opinioni espresse da Sconvolto sui rispettivi autori. Ursinamente, mi astengo da ogni commento.

Mi inchino al genio

Talento poliedrico, di zampa per lo più marina ma sempre di sicuro appoggio, più che una promessa è ormai una certezza della cucina che della creatività ha fatto il suo vessillo. Una cucina fatta di emozioni generose e di citazioni ripiene di cultura locale. Un esempio per tutti – il babà al capitone, putroppo al di fuori del periodo natalizio disponibile solo su prenotazione e dopo insistenti preghiere. E, che dire della vellutata a coste che alterna la sublime liquidità della passata di verdure al limoncello alla croccante texture della frullata di gusci di cozze e vongole spolverizzati di cannella e pepe? Per dirla con le parole dello chef, il giovane e talentuoso Sconvolto, 'na vera poesia!!! Dalle rime baciate, aggiungo io.

Il commento di Sconvolto sul critico:

Non ho avuto nemmeno bisogno di slurparlo per accorgermi che sapeva di buono. 'Nu poco 'e cannella sotto le orecchie, un'ombra di peperoncino piccante tra le dita, avvezze al mestolo come alla tastiera del computer. E 'na puntarella di tabacco e origano sulle tempie.

Abbasso 'e cozze!!!!

Esseri bivalvi, conchigliosi, aggrappolati alle rocce e grittosi di sabbietta irritante e scorie innominabili. Decisamente, sul mio piatto non li sopporto. E, che cos'è questa malefica tendenza a fare il giro del mondo – o dei suoi mari, in questo caso – come una bussola impazzita, piluccando un ingrediente qui e uno là e buttandoli insieme come in un calderone infernale? Chi mai potrebbe concepire una tale iniquità come il souvlaki di aringa con mousse di mandorle in agro e melograno (da innaffiare con soumada fortemente alcolica)! E tutte quelle vongole e patelle, più che spadellate, spantegate sopra ogni portata! Sono indignato. Che ne è stato dei sapori in purezza e della sana cucina del territorio, della terra terragna che ci portiamo sotto i piedi?

Il commento di Sconvolto sul critico:

Io, chillo non me lo sono slurpato manco. Si vedeva già a distanza che stava avariato. Comunque, isso, su che crede che poggi il mare? Sulla terra. Essere di piccoli orizzonti e palato stinto!

Di punti, consulenze e viaggi

A ogni inizio ottobre si ripetevano sempre. Ma per noi – io e il mio amato Accompagnatore – erano sempre un regalo che ci riempiva ogni volta di meraviglia. Le ultime, splendide giornate estive, quando la sua piccola isola dell'isola si era ormai fatta tranquilla, risplendeva di colori morbidi e l'aria era fragrante di tante sfumature. Sulla nostra spiaggia preferita, quella con le dune che stemperano nella macchia, ci ritrovavamo insieme agli ultimi, fortunati frequentatori. Senza che ce lo si confidasse a vicenda, tutti si condivideva la medesima sensazione, calda, deliziosa e unica, di felicità rubata che – se dovessi trasporre nella vostra cultura – forse potrei paragonare a quella di aver marinato la scuola.

Sotto la tettoia della baracchetta dipinta di verde caraibico dove ci si riuniva a conversare e filosofeggiare, complice il bicchiere o due di buon vermentino che accompagnava panini sapidi di mare e di orto, un paio di umani stavano cercando di mettere insieme il puzzle preso in prestito da una delle nostre biblioteche ursine che avevo lasciato lì qualche settimana prima. Li osservavo, prima basiti poi visibilmente stizziti davanti a quei pezzi che si rifiutavano di incastrarsi, cambiavano forma di continuo e saltellavano indisciplinati di qua e di là, andando a imbucarsi nella sabbia.

Eppure, a un occhio ben allenato, sarebbe risultato evidente: era ancora acerbo, ragione per la quale l'avevo messo da parte in attesa che maturasse. Avete ragione, da voi non succede così e forse avrei dovuto avvertirli. Compreso il fatto che spesso i nostri puzzle finiti non assomigliano per niente all'immagine sul coperchio della scatola ma, ursinamente, preferivo che ci arrivassero da soli.

D'altronde, pensavo, i nostri rispettivi antenati – in quell'epoca quando le nostre specie si riparavano nel profondo delle caverne – avevano fatto proprio il fondamentale concetto della necessità di aspettare la giusta maturazione. Le bacche acerbe hanno un cattivo sapore e fanno venire il mal di pancia, era allora il nostro modo comune, rudimentale ma efficace, per esprimerlo. Tanto che alcuni storici, delle due parti, hanno ipotizzato che l'esercizio della slurpata cognitiva – che manteniamo tuttora – fosse allora praticato da entrambi. Col tempo noi orsi ci siamo abituati a riconoscere i tempi diversi dai nostri e godere variamente e in modo piacevole delle pause mentre, mi si dice, nella vostra sfera si scalpita di intemperanza come nemmeno tra certi ungulati.

***

A questo punto, nella speranza di non sovraccaricare eccessivamente la vostra pazienza, vorrei inoltrarmi in una digressione sul procedere e sul fermarsi prendendo spunto da un'altra bizzarra abitudine della vostra specie che tuttora condividiamo, quella di tracciare piccoli segnetti e sgorbi tra le parole.

Infatti, anche noi usiamo con gusto la punteggiatura, consuetudine che abbiamo appreso da voi umani, sviluppata a modo nostro e che applichiamo in tutte le forme di comunicazione, comprese quelle visive e verbali. Il punto fermo ci fa tirare il fiato tra un pensiero e l'altro e rimane sempre nello stesso posto rifiutando di spostarsi, anche a guardarlo a lungo. Così, quando si viaggia da un punto all'altro si sa dove si va.

I puntini di sospensione ci fanno trattenere il respiro e liberare – esattamente per tre attimi – l'immaginazione, cercando di anticipare quello che verrà dopo. Nel viaggiare, sono un po' l'equivalente del girare l'angolo. La virgola ci pare funzionale ma anche piuttosto elegante e, in più, ci si può sempre aggrappare per non perdere il filo del discorso. Mentre troviamo il punto e virgola grassoccio e ridondante come uno stucco barocco.

I due punti ci affascinano in modo particolare. In prima istanza perché sono preludio a una spiegazione (cosa che amiamo in modo particolare), poi per quella loro natura surreale, di due punti fermi messi uno sopra l'altro che, invece di chiudere a doppia mandata come ci si potrebbe aspettare, aprono porte dopo porte. I trattini – più o meno lunghi – ci permettono di prendere tempo, deglutire, sedere e pensare, magari facendo scrocchiare un bastoncino di cannella tra le zampe, quando abbiamo bisogno di essere certi di quello che vogliamo esprimere.

Ma, tra tutti, il punto interrogativo è senza dubbio il nostro preferito e quello che più si addice alla nostra natura. Anche

– e forse, soprattutto – quando, alla maniera sconvolta, è fatto a testa in giù e tracciato con la crema pasticciera.

Al contrario, tranne in casi impellenti e disperati di applicazione del nostro secondo principio fondamentale *"c'è un limite anche per noi orsi"*, abbiamo qualche problema di serena convivenza con il punto esclamativo. Che, per di più, è anche scivoloso. Invece, ci pare che gli umani, abituati a un uso della punteggiatura che a volte ci lascia sgomenti, lo utilizzino senza ritegno. Il che mi fa ricordare quella volta che fui invitato nel Continente di Sotto della vostra sfera – dove cielo e terra si scambiano i colori e l'acqua scorre all'incontrario – come relatore di un convegno dal titolo "Il mondo ha bisogno degli orsi!".

In primis, fu quella punteggiatura, così totalitaria a turbarmi. Per quanto mi riguarda, l'assunto era tutto da dimostrare e, quindi, non poteva poggiarsi su quel segno così inflessibile. Se vi appoggiate con tutto il peso a un punto esclamativo, quello non si smuove neanche di un millimetro, ma rischiate comunque di ritrovarvi per terra. In secundis, di quale *mondo* si parlava? Naturalmente, di uno in particolare: una definizione così a senso unico è tipica degli umani e immediatamente comprensibile solo per loro. Ma, provate per un momento a mettervi nella nostra pelliccia, o nella corazza di scagliosa di altri, se preferite. Che cosa voleva dire?

Chiedete a chiunque e – senza bisogno di entrare nel campo della speculazione filosofica – avrete risposte diverse. Per Sconvolto, magari, potrebbe trattarsi del mondo dei gasteropodi saporiti, per altri della sfera degli ungulati di pelo corto e zoccolo duro o l'immaginario collettivo degli invertebrati semitrasparenti. Persino, la malinconia degli arbusti aromatici in via d'estinzione. E così via, si potrebbe continuare ad libitum.

Per questo, prima di accettare l'invito al convegno, concordai un emendamento sulla punteggiatura, scartando l'opzione dei puntini di sospensione – troppo insistiti fanno kitsch – e ottenendo il necessario beneficio del dubbio sotto forma di un enorme punto interrogativo che l'esimio Avo Arch Sconvolto musicò a tempo di rumba e che mio fratello Sconvolto decorò con qualche nota di salsa in forma di un sorbetto piccante alla maniera sua.

Come richiesto, preparai la mia relazione scritta ma, alla fine, cambiai idea e decisi di limitarmi a una breve levitazione dimostrativa. Più incisiva e di sicuro effetto. Un paio di delegati riuscirono persino a sollevarsi di qualche centimetro.

***

Bizzarro, pensavo, da quando sono Accompagnato la mia vita sembra aver preso un andamento rapsodico. Via le atmosfere ovattate, le solennità ursine, la poesia, i canti profondi, la leggerezza che continuiamo a cercare nella nostra sfera. E avanti con la *cosmologhia* (ved. a pag. 54 per una definizione sui generis ma degna di essere ponderata, alla quale anche in questo caso si potrebbe aggiungere ad libitum, compreso l'edonismo di pronta beva – diffuso non solo tra certi ungulati

– le rate in scadenza e le terrazze che si allagano). Per spiegarlo in modo più chiaro mi veniva in mente un'immagine: come se mi fossi trovato a dover scambiare i miei mantelli di velluti cangianti trapunti da ricami preziosi e i miei intricati turbanti con il paio di braghette da spiaggia stampate a squali che ero costretto a indossare sulle vostre spiagge.

Nella mia nuova vita rapsodica nella vostra sfera, comunque, mi succede sovente di mischiare impegni ufficiali di questo tipo, viaggi di piacere e di conoscenza e visite a parenti, di ogni varietà e grado. Orsi che hanno scelto di stabilirsi nel mondo degli umani dove, mi dicono, si sono perfettamente integrati. In non pochi casi hanno formato unioni miste e, perlopiù, svolgono attività professionali del tutto normali e simili alle vostre.

IL CUGINO CANADESE

In occasione del convegno, visto che mi trovavo già nella stessa fetta di globo, decisi di approfittarne per andare in Canada a trovare mio cugino. Quello che di mestiere fa il contasalmoni. Sta tutto il giorno in un sotterraneo, seduto davanti a una grande vetrata affacciata sul tratto del fiume dove i pesci che risalgono la corrente fanno il salto. Alla sua destra e alla sua sinistra ci sono due pallottolieri dai chicchi giganti, quello rosa per contare i salmoni, quello grigio per le trote.

All'inizio i suoi datori di lavoro dell'Ufficio Statistiche e Risorse con Pinne erano perplessi: mai tale incarico era stato affidato a un rappresentante della specie ursina. E i primi giorni si erano dimostrati particolarmente difficili anche per mio cugino. Mi raccontò come, alla vista di tanta ricchezza ittica la lingua gli si strotolasse dal muso, mentre la fronte gli si imperlava di sudore e desiderio e le zampe si tendevano, ratte, verso la vetrata.

Ma dopo meno di un mese – e con gran sorpresa di tutti – uno strano ibrido di abitudine e passione prese il sopravvento. I suoi datori di lavoro si convinsero che la scelta era stata giusta: nessun umano aveva mai dimostrato un occhio tanto infallibile. Niente, nemmeno il più piccolo avannotto gli sfuggiva.

Ma mio cugino cominciò a notare cambiamenti preoccupanti. Ora la sola vista di un pesce al di fuori dell'orario di lavoro, fossero anche i bastoncini di merluzzo che sua moglie insisteva a propinargli per cena un giorno sì un giorno no, gli procurava un conclamato senso di nausea. In capo a qualche settimana un salmone, anche se sfilettato, affumicato e appiattito in una confezione sottovuoto, gli dava lo sturbo. Di sogliole e gamberetti, nemmeno a parlarne. Una volta si sentì male davanti alla televisione vedendo uno spot con una sirena.

Ogni volta che leggeva una lettera di mio fratello Sconvolto con il solito elenco di sorbetti di cozze, patelle e gasteropodi vari alla maniera sua, gli si rivoltava lo stomaco. Ma, pensò, non fa testo, la decrizione dei sorbetti di Sconvolto fa questo effetto a molti. Però, la volta che anche sua moglie scoppiò a piangere davanti a una scatola di sardine, ebbe la certezza che qualcosa non andava.

I dirigenti dell'Ufficio Statistiche e Risorse con Pinne che per nessuna ragione al mondo volevano perderlo, gli concessero una speciale indennità di rischio professionale e una vacanza pagata ogni trimestre. In un posto totalmente privo di esseri pisciformi, valvati o natanti, a una quota dove non esistevano nemmeno più torrenti e laghetti. Un rifugio sicuro dove lui si potesse ritemprare consumando grandi insalate di bacche e erbe alpine, giganteschi pezzi di formaggio di malga e pentolate intere di caffè fumante esalante alcolici effluvi di ogni genere di distillato locale.

Si sentiva subito più calmo, mi raccontò, dopo aver mandato giù qualche secchiata di latte appena munto. E, come hobby, prese a fabbricare campanacci di mucca dipinti a fiori similtirolesi.

Sua moglie, che pareva aver assorbito dall'habitat umano uno spiccato senso degli affari affatto disgiunto dall'idea di facili guadagni, ne fu estasiata: non solo era finalmente tornata la tranquillità in famiglia ma, tornata in Canada, aprì un negozietto folcloristico dove la gente faceva a pugni per assicurarsi uno di quegli oggettini e manuali di yodel fai-da-te in dialetto altoatesino dell'alto Medio Evo (con traduzione in esperanto). Fu contentissimo anche mio cugino: almeno così lei non aveva più tempo di cucinargli i bastoncini di merluzzo.

Di inverno, strappi e sfide

Dell'inverno, sosteneva il mio umano, nella vita ne avrebbe volentieri voluto fare a meno. Di certo, accoglieva con evidente fastidio i primi freddi e le piogge autunnali che segnano il periodo in cui ricompattavamo le valige per risalire in metropoli unticce di smog, povere di luce ma sfolgoranti di *cosmologhia*. Però, provviste di dimore ben riscaldate, con ampi divani e morbide copertine biposto dove proseguire la nostra esistenza in comune e tacitare i sinistri scricchiolii che ci arrivavano dalle nostre pur non anziane giunture.

Il mio Accompagnatore, passate le prime settimane di entusiasmo nel trovarsi in mezzo a tanto fermento (bastava davvero poco, considerando quel felice stato di semieremitismo volontario al quale si era abituato) e sbrigate neghittosamente le necessarie pratiche del vivere quotidiano, – come disinfarcire il Bukhara dalla corrispondenza mai aperta che ci cacciava sotto per il resto dell'anno – prendeva a aggirarsi stranito tra la gente, trovandola spesso francamente bizzarra e chiedendosi tra sé "Ma io, di quale mondo sono?". Ovviamente, senza riuscire a darsi una risposta. E gli pigliavano strane idee, che tutto d'un colpo la vita gli presentasse il conto per l'imperdonabile stravaganza delle sue lunghe estati serene e non avesse di che pagare, o addirittura che mi cedessero ipotetiche cuciture che non ho mai avuto. Faceva fatica, diceva, a farsi esistere, giorno dopo giorno. Tanto valeva fare una bella pausa. Il suo corpo e la sua mente glielo chiedevano e, in fondo, perché ostacolare la natura?

Era quello l'ultimo giro di boa, preludio al suo rifugiarsi in un misericordioso letargo, dal quale riemergeva di tanto in tanto, dietro molte insistenze da parte degli amici. Oppure, di sua spontanea volontà nelle giornate più secche e terse, quando nell'aria sembrava già di avvertire una promessa. Passava così uno strano periodo che gli sembrava senza fine, tutto pareva sopito e attutito come avvolto nella morbida fissità di una giornata di neve.

Mentre in realtà, e senza che ne fosse pienamente cosciente, il magma accumulato nella sua testa aveva tempo di sedimentare e trasformarsi, di scomporsi e ricomporsi in rivoli densi che si arricciolavano e si distendevano lentamente andando a mescolarsi tra di loro o formavano pozze profonde, in attesa di un nuovo e più lucido ribollire a primavera.

"Finalmente in tana", era anche la mia frase d'occasione per i mesi più rigidi che, da quando pure noi orsi abbiamo adottato con entusiasmo il principio delle superfici radianti rendendo così il letargo un optional, amavo passare nella nostra Città Bucherellata (sempre, naturalmente, continuando a vegliare sul mio umano). Per chi di voi mostrasse qualche curiosità, posso dire che si trova su un altopiano di un continente antico, al crocevia di rotte carovaniere battute da millenni. E che è interamente scavata e scolpita in un paesaggio di roccia vulcanica che precipita in profondi canyon visibili solo dall'alto, si raggrinza in vallate dai fianchi tormentati o in dune morbidamente ondose, si innalza in guglie e torri smangiucchiate dal vento e dai profili improbabili.

A prima vista è impossibile distinguere l'opera spontanea della natura e l'intervento disciplinato di mani o zampe se non per qualche minuto dettaglio: sottili fregi geometrici color ocra attorno a una feritoia, un evanescente bassorilievo sulla cuspide di un pinnacolo, un masso troppo finemente lavorato per non essere un capitello, un tino di mosto fumante casualmente abbandonato.

Come avrete intuito, l'architettura dissimulatoria (o, per usare il vostro gergo, mimetica) è una caratteristica che le nostre specie hanno condiviso in diverse fasi della storia, quando entrambe costruivamo dimore monoposto per pensatori e eremiti e alveari forati da tante aperture per i più portati alla compagnia e al vivere collettivo. Veri e propri labirinti che si incuneavano all'interno delle montagne con entrate di emergenza e uscite di servizio, un dedalo di corridoi rischiarati da torce che si aprivano in nicchie dai soffitti a volta e saloni movimentati da ordini multipli di colonne.

Ne è un pregevole esempio il complesso più interno e segreto della Città, dove operano i cosidetti Ricucitori. Sono gli orsi che hanno il delicato compito di sanarci ferite e strappi di ogni genere, dal più banale incidente tipico della modalità di *portability*, come rimetterci un ciuffetto di pelo pizzicato nella zip della borsa da viaggio, alle bruciature sotto le zampe e alle terribili mutilazioni degli orsi ballerini, vittime di una eccessiva applicazione del nostro primo principio fondamentale, *"Ursinamente mi presto"*. Fino al più specialistico sostegno psicologico per i Custodi non riconosciuti – infatti se, in omaggio al principio del libero arbitrio, il potenziale

Accompagnatore non è disposto a farsi incontrare anche noi, alla fine, ci dobbiamo dare per vinti – e per quelli di loro che, dopo un percorso di vita intrecciata, hanno dovuto affrontare il distacco più definitivo e doloroso a causa della temuta condizione ufficialmente definita "sopravvenuta assenza di umano"

In una piccola ala separata, costruita a semicerchio attorno a un giardino di sempreverdi, lavorano altri Ricucitori muniti di ago e filo che hanno il compito di riparare e ridare dignità ai "dimenticati", icone-ponte tra le nostre specie ai quali intendiamo rendere un sentito e doveroso omaggio. Tutti quei teddy bears compagni di tante infanzie che, perduti occhi, naso, arti e pelo a causa del troppo amore, dell'eccessiva foga o dell'umana indifferenza sono finiti in cantine e solai, in fondo a scaffali di charity shops o impietosamente gettati nei cassonetti.

Episodi purtroppo piuttosto comuni, come può testimoniare anche il mio Accompagnatore. Da piccolo aveva un orsetto di nome Bruno che, per circostanze che non ricorda, perse un occhio. Così, un giorno, a sua insaputa, i suoi decisero di disfarsene. Mi racconta che non potrà mai dimenticare la vista di Bruno allontanarsi legato al radiatore del camion della spazzatura, spogliato della salopette scozzese che gli aveva fatto fare su misura e che l'avrebbe dovuto tenere al caldo e al sicuro. Tanto che i genitori, stufi di sentirlo recriminare anche a distanza di anni, ma pur sempre con la coda di paglia, gli ripetevano che sarebbe stata una delle poche cose che si sarebbe mai ricordato di loro. Infatti.

A questo punto vorrei soffermare la vostra attenzione su questo tipo di traumi e sui suoi effetti, più prolungati nel tempo di quanto possiate immaginare. Casi frequenti – sono certo che molti di voi ne potrebbero raccontare, così come molti di noi vi potrebbero confermare che il freddo umido della cantine e la polvere delle soffitte danneggiano pelo e anima – e con potenziali gravi conseguenze, sia per quanto riguarda la fiducia delle vostre giovani generazioni nei confronti della propria specie di appartenenza, sia per la qualità dell'interazione tra le nostre due sfere.

In compenso, un dato evidenziato dal nostro Centro Studi e Statistiche, infaticabile classificatore di tutto quanto ursino, rivela che tra i bambini che hanno avuto un rapporto speciale con il proprio teddy bear un buon 2,6 % continua a portarselo dietro da adulti. In particolare, uno 0,5 % anche in pubblico, quota che sale sensibilmente in paesi di confermata eccentricità, come la Gran Bretagna. E è registrata anche la percentuale di quelli che, una volta cresciuti e consapevoli, vivono in accompagnamento con uno di noi in carne e ossa. Per usare un'espressione caratteristica della lingua anglosassone che, con il nostro gusto per le esperienze multisensoriali, amiamo in modo particolare: *food for thought*.

Per quanti di voi siano interessati, una copia aggiornata delle nostre statistiche si può richiedere per posta o consultare di persona nell'anticamera della grande sala piena di scrivanie odorose di bastoncini di cannella e arance steccate di chiodi di garofano – profumi che ci invitano alla concentrazione e alla pacatezza di toni – che ospita i Risponditori. Gli orsi ai quali è affidato il compito di sbrigare la fitta corrispondenza che arriva da ogni parte, tra i quali anch'io tra dicembre e febbraio svolgo il mio compito.

Credo che ormai non vi stupirete se vi dovessi svelare che la moderna tecnologia ci è tutt'altro che sconosciuta così che, in omaggio al principio del libero arbitrio, ognuno si serve dello strumento che preferisce, dal computer alla zampa intinta nel colore, dalla penna d'oca alla semplice trasmissione del pensiero.

Quanto agli argomenti trattati, la varietà è l'unico filo conduttore e va da succulente speculazioni filosofiche da doppia slurpata a chiose di natura squisitamente tecnica presentate da Accompagnati, alcune tanto sottili da confondersi con veli di cipolla, fino a un fitto scambio di corrrispondenza con rappresentanti della specie umana. Dove c'è spazio per dibattere di fondamentali interrogativi esistenziali come per scambiarsi ricette culinarie o rispondere alle richieste apparentemente più bizzarre. Comprese alcune tanto perentorie da avere più il sapore di provocazione. E che, prima della lettura, ci piace far frollare per bene marinandole in infusi di erbe dalla formula segreta.

Egregio Signor Orso,

le scrivo in merito alla questione della presenza di orsi pensanti nel nostro mondo, tesi da lei ripetutamente sostenuta sulla quale non posso che manifestare fondati dubbi. Gli esemplari che mi è capitato di vedere, per lo più nei documentari naturalistici, passano il loro tempo a lottare fra di loro, grattarsi la schiena contro i tronchi degli alberi e pescare con gli artigli salmoni sulle sponde dei fiumi. Mai – e sottolineo, mai – li ho visti dedicarsi a attività tipiche delle menti superiori. Un conoscente, tornato da un'isoletta dell'Egeo, mi ha raccontato che lì vive un piccolo gruppo di plantigradi con il dono della parola e il senso degli affari. Non ci sono mai stato, ma so che da quelle parti il sole picchia tanto forte da far perdere il ben dell'intelletto a chiunque. Quanto poi alla tesi degli esemplari che lei definisce in cosidetta modalità di *portability*, suvvia, siamo seri! Una sera mi sono trovato a casa di una persona che sosteneva che quella cosa pelosa che stava sul divano non solo fosse un orso vivo, ma addirittura un suo speciale custode che, graziosamente, si faceva piccolo per non creare paura e imbarazzo tra noi umani! Il mondo è pieno di pazzi, lo sappiamo, ma incoraggiarli è criminale! È ora di finirla! La sfido a fornirmi prove concrete!

Distinti saluti,

(lettera firmata)

Egregio umano,

desidero fare appello a tutta la sua capacità di osservazione, qualità – se posso azzardare un'ipotesi – forse non sempre tenuta in adeguata considerazione dalla sua specie. Tra il semplice vedere e il guardare a mente ben aperta, infatti, passano mondi interi. È normale che uno, due o anche più possano sfuggire. Ma... tutti? Innanzitutto, può davvero dirsi sicuro che ciò che vede nei documentari di natura sia, per così dire, il quadro completo? Procedo con ordine: noi orsi, da tempo abbiamo volontariamente rinunciato all'aggressività, nei confronti di altre specie e di noi stessi. Cosa che ci ha immensamente giovato e ci ha permesso di dedicare il tempo e l'energia risparmiati a attività piacevoli e creative, al sostegno di altre specie in difficoltà (la vostra compresa), e alla nostra coltivazione preferita: quella del beneficio del dubbio – uno sterminato campo fiorito di punti interrogativi, se preferisce formarsene un'immagine mentale.

Quanto al grattarsi contro gli alberi, è un vezzo al quale siamo rimasti attaccati come simbolico omaggio ai nostri avi, un'attività gratificante di per sé (provi) e dalla valenza oltremodo catartica. Gli unghioni ci servono più per fare presa sui terreni difficili che per inforchettare e sulle nostre tavole apprezziamo anche l'uso di argenteria fine, posate di design, bacchette di bambù o foglie aromatiche a mo' di cucchiaio.

Ora, passo a spiegare alcuni accorgimenti per distinguerci da quelli che lei definirebbe semplici pupazzi. Premetto però che arrivo a comprendere l'umana confusione, anche a causa della deplorevole pratica, cresciuta smodatamente negli ultimi anni, che ha invaso la vostra sfera di stucchevoli, inverosimili e mal eseguiti gadgets a forma di orso. Appropriazione indebita della nostra immagine sulla quale mi dichiaro fortemente a sfavore. Davanti a un esemplare di difficile identificazione, la prima cosa è fissarlo negli occhi senza distogliere lo sguardo con imbarazzo. Dopotutto, anche tra voi umani comportarsi in questo modo è considerato scortese. Poi, provare a ascoltare. Mettendoci anche una certa dose di pazienza poiché spesso, lo ammetto, abbiamo la tendenza a parlare a voce bassa e fare lunghe pause. Da ultimo, e anche costo di scoprirmi eccessivamente, le rivelo un piccolo ma infallibile metodo. Controlli se ha le cuciture.

E non abbia timore: chiunque di noi acccetterà di buon grado questa estemporanea ma decisiva ispezione. Come consuetudine, ursinamente, noi ci prestiamo.

Distinti saluti,

Orso

Caro Orso,

sono un orso polare accompagnato. Sette mesi fa ho lasciato la mia terra natale, un piccolo scoglio di un arcipelago qualche grado sopra l'80° parallelo e, forse per questo, credo di risentire di uno scarso uso di mondo. Per i primi anni i miei unici contatti sociali sono stati con una colonia di eccentrici trichechi, vicini di isola. Da loro ho imparato il gusto di tirare scherzi mancini a chiunque ci capitasse a tiro e non ti dico quanto ci siamo divertiti con i passeggeri delle minicrociere. Che ci osservavano dal ponte di un ex peschereccio mascherato da rompighiaccio – con appiccicato sul muso qualche rostro preso da una vecchia maltese speronara – mentre il bicchiere di spumante di quart'ordine che veniva loro offerto per brindare alla conquista del circolo polare si allungava di pioggia brinata e acida.

Per il resto, le mie frequentazioni con gli umani si sono limitate – e sempre a rischio della mia vita – a serate abborracciate nelle cavernose taverne trendy di Longyearbyen dove, complice il buio che vi regna anche nella stagione del sole di mezzanotte, mi confondevo tra ex minatori, pastori protestanti, operatori di computer, scienziati, assistenti sociali e cani da slitta fuori servizio. L'inevitabile conclusione di serata, quando eravamo ormai fatti come pitte, era la gara in snowscooter. Che vincevo quasi sempre, soprattutto quando riuscivo a fregare il gatto delle nevi al Sysselmannen*. Cosa di cui si non accorse mai, tanto che mi convinsi di poterla fare franca per sempre.

Putroppo, fui costretto a fare la sua conoscenza la volta che, innavertitamente, uscii da un pub con indosso le galosce di un altro. Da quelle parti, l'atto criminale più efferato. Dovetti così comparire davanti al Sysselmannen che, nella sua qualità di giudice, mi additò con aria arcigna l'orso bianco che troneggiava nel suo ufficio, minacciandomi di farmi fare la stessa fine. E anche quella degli altri due miei simili, uno nella canonica e l'altro nell'atrio dell'ospedale. Impagliato. E, peggio, mi disse che i miei denti, i miei peli e i miei unghioni sarebbero finiti nei gioielli da

---

* la massima autorità delle Svalbard, governatore, giudice, capo della polizia

quattro soldi da vendere ai turisti. A quelle latitudini la gente non è sentimentale. Così, decisi che da allora in poi avrei frequentato solo lo spaccio dei minatori ucraini di Barentsburg, dove non c'era bisogno che nascondessi la mia identità, tanta era la loro voglia di compagnia. Lì non era grave se capitava di scambiarsi le galosce, erano tutte smandrappate alla stessa maniera. Si tirava mattina trincando litrate di Bloody Mary fatto con vodka di patate e con i pomodorini slavati che crescevano stentati nelle loro serre e si finiva immancabilmente per intonare l'Internazionale e tuffarsi a pesce nella piscina olimpionica. Che era in secco da anni.

La mia vita cambiò rotta quando ricevetti l'avviso di incarico come Accompagnato, peraltro in prova. A nome della comunità il Sysselmannen, nella sua qualità di governatore, mi regalò una magnum di orrida vodka, quella con gli orsi bianchi sull'etichetta che nemmeno i camionisti scandinavi riescono a mandare giù, e una sciarpa di pile rosso, esortandomi a tenere alto il nome delle Svalbard all'estero. Ipocrita. Nella mia nuova destinazione provvisoria, una località di villeggiatura dell'Alto Mediterraneo, quella dannata sciarpa mi faceva sudare come una foca.

Comunque, lì avvenne l'incontro con la mia umana e, da come sono stato immediatamente strizzato e strafugnato, ho capito che il nostro rapporto sarebbe stato saldo e duraturo. Certi umani sono molto tattili e la mia, benché di dimensioni abbastanza compatte, è anche esuberante di modi. Ursinamente, non mi lamento quando dal lato regolamentare del letto che occupo di notte mi ritrovo scaraventato per terra da una poderosa quanto accidentale manata. A parte questo, di lei apprezzo la preoccupazione per il mio acclimatamento, che arriva al punto di far scaricare nella piscina camionate di ghiaccio. Una delizia che mi godo con il favore del buio nelle mie dimensioni normali e, di giorno, in modalità di *portability*. Perché so che non bisogna spaventare gli altri umani, soprattutto i refrattari e i non accompagnati, con la nostra ingombrante presenza *full size*.

Ma, vengo al punto... da un po' la sento dire che avrei bisogno di una bella passata in lavatrice. Le mie frequenti cadute notturne e le sue abitudini tattili stanno lasciando il segno. Caro Orso, mi sa che questa si è vista troppi cartoni animati! Ho provato a spiegare che noi polari siamo tutt'altro che candidi, grazie anche all'inquinamento provocato dagli umani che arriva fin da noi, ma non c'è stato verso. Sono preoccupato e non so come comportarmi. Mi scuserai quindi la scontata ingenuità della domanda: qual è la linea di demarcazione tra i due nostri principi fondamentali, *"ursinamente mi presto"* e *"c'è un limite anche per noi orsi"*?

Orso Flavio

Caro Orso Flavio,

vengo subito al punto. Non esiste un limite netto di demarcazione tra i nostri due principi fondamentali, piuttosto una sottile linea d'ombra che non rimane mai ferma nello stesso punto. Ti sarai reso conto che la stretta frequentazione degli umani ci lascia dei segni, siano il pelo strapazzato – fino ai casi più estremi di alopecia a chiazze – o un sottile quanto identificabile sentore di Capratik'Eau. Prendere dei provvedimenti è indispensabile, a ovvio beneficio nostro, loro e dell'ambiente. Però, riconoscendo che preoccuparsi del nostro aspetto è un caratteristico modo dei nostri Accompagnatori di dimostrarci affetto e attenzione, in virtù del nostro primo principio (a interpretazione univoca), lasciamo a loro la scelta. In omaggio al nostro secondo principio (a interpretazione multisfaccettata), suggerirei che potresti accettare di sottoporti a un ciclo breve per delicati, preferibilmente il lavaggio cashmere. Ma solo con esclusione di centrifuga e mentre ti trovi in modalità di *portability*. Oppure, in modalità *full size*, potresti proporre

l'aggiunta al ghiaccio della piscina di poche gocce di sbiancante. Purché biologico. Sono certo
che riuscirai a trovare altre soluzioni, ugualmen-
te soddisfacenti per entrambi. Perché a noi accompagnati piace sempre fare felici i nostri umani. E viceversa.

Orso

p.s. noto che la tua parlata sta diventando piuttosto spuria e vernacolare. Il necessario prezzo da
pagare per l'uso di mondi?

2.

Un gustoso groviglio di mondi

Accompagnati e ospiti

Vi ricorderete che nei primi capitoli vi ho spiegato cosa voglia dire essere Accompagnato da un umano. A grandi linee, trasformarsi in Custode (o, se preferite, più laicamente Orso di Sostegno o Puntello Permanente), vegliando discretamente ma con fermezza. E intrecciare le nostre sfere, umana e ursina nel mio caso, conducendo una vita al tempo stesso distinta e condivisa. Come potete immaginare, un esercizio di alto equilibrismo, anche per la continua necessità di entrare e uscire dai rispettivi mondi.

A questo proposito parecchi – soprattutto da parte vostra, devo dire – hanno cominciato a chiedersi se si tratti di mondi paralleli. Un interrogativo che anche tra i nostri pensatori di ogni epoca non ha mai mancato di provocare vivaci dibattiti e appassionate disquisizioni di matematica pura, illogica applicata e filosofia gustativa.

I più si sono trovati d'accordo nel confutare la dittatoriale supremazia dell'assetto parallelo. Non è forse la definizione comunemente accettata che la caratteristica delle parallele sia quella di non incontrarsi mai? – configurando invece la possibilità di mondi perpendicolari o a angolazioni variabili, mondi a sghimbescio o capricciosamente svolazzanti nelle direzioni più impensate. Con l'implicita possibilità quindi che, almeno statisticamente, una volta o l'altra possa pure capitare che si incontrino. E quando succede che se ne incontrino tanti e molto diversi tra loro, si possono creare interessanti grovigli.

E proprio a proposito, a questo punto mi sento di dirvi che, a ben guardare, anche la vostra sfera è decisamente molto più frequentata di quanto immaginiate. Il che, aggiungo per tranquillizzare i più timorosi, non è necessariamente una mala cosa. Anzi.

Mi riferisco alla presenza dei cosidetti Ospiti, del genere peloso o comunque non umano, che si materializzano come dal niente quando meno ce lo si aspetta, vanno e vengono a loro piacimento e interagiscono con chi gli pare. Occupano spazio, non conoscendo la modalità di *portability* e gettano a grandi manciate nella vostra sfera il prezioso seme della diversità. Ma a volte anche il più puro scompiglio. Se non altro però, concludiamo filosoficamente noi orsi, non mancano mai di fornire un gustoso repertorio per animare cene e giochi da salotto.

In compenso poi, a differenza di noi Custodi che non ci potremmo mai separare dal nostro Accompagnatore, loro possono finire a loro volta ospiti a casa di altri umani – non sempre consenzienti – regalando pause di gradita quiete.

Immagino che vogliate chiedermi se esiste una logica per questi incontri. L'idea vi potrebbe anche tentare, ma è meglio che ve la scordiate. Il punto di partenza però è sempre lo stesso. E lo potete chiamare come vi pare. Frutto dell'ineluttabile, segno del destino, capriccio del fato e altro ancora. Ma, in sunto, si tratta di un evento assolutamente impossibile da scansare. Nella vita di alcuni umani, come nel caso del mio, la cosa sembra succedere più spesso. A ben pensarci, soprattutto da quando siamo in accompagnamento. Così, nel giro di qualche anno, la nostra dimora principale, detta Gran Tana, la più spaziosa e vicina a un aeroporto ben servito, si è trasformata in una specie di porto di mare, polo di attrazione di eccentrici personaggi.

Il più sorpreso è stato proprio il mio umano che, essendosi sempre tenuto alla larga da qualsiasi cosa avesse benché minimamente il sentore di famiglia, ha finito per ritrovarsene una (chiamamola parafamiglia, per non spaventarlo troppo) recapitata a domicilio. Numerosa, rumorosa e assolutamente impegnativa.

Bufera di vento dal nord

Un giorno in casa nostra arrivò LEI. La "cosa cu 'e ccuorna", come la chiama Sconvolto. Ed entrò con la forza di un uragano, tanto da lasciarci il pelo tutto scompigliato. "**Duove** mio Beluga?" Non ci scorderemo mai le sue prime parole, pronunciate con quel suo accento alla Greta Garbo, tanto spesso che lo si sarebbe potuto tagliare solo con una sega circolare. "**Duove** miei blinis e Krug?" Furono le successive.

L'offerta di Sconvolto di un sorbetto sciué sciué di cozze candite e mentuccia frittulella non la calmò, anzi, prese a guardarsi intorno con aria sempre più spiritata e far schioccare le corna in modo minaccioso. Imparammo più tardi che era un'abitudine tipica delle alci, quando erano veramente contrariate. L'essere annusò appena la flûte frizzante di un liquido pallido e profumato che le venne porto "**Cuosa** essere questo **puovero puovero** brut nazionale? Io **non puotere** bere questo!" Nel giro di un secondo la flûte era volata dalla finestra chiusa, andando a infrangersi contro un vaso di gerani dall'altro lato della strada, dopo aver sfracellato doppi vetri, persiane primo novecento e un paio di lampioni di ceramica.

Ci guardammo, allibiti. La signora era decisamente in forma. C'era da aspettarselo, visto che veniva da un paese dove l'unico bagno che si rispetti si fa tuffandosi in un laghetto ghiacciato dopo essersi flagellati con rami di betulla. E era nervosissima.

Il mio umano ci raccontò di averla incontrata nella vetrina di un oscuro negozio in uno sperduto paesino della campagna svedese dalle case di legno colorato, con tanto di cartello con la scritta *In saldo*. In realtà, avevo capito subito che il cartello non le doveva essere rimasto sul petto per più di trenta secondi. La signora si era voluta far trovare e, dall'ala del vicino castello dove viveva un esilio dorato ma carente di spettatori ammirati, aveva spiato da lontano la sua vittima.

Aveva deciso di voltare pagina, ritirarsi nel caldo profondo del Mediterraneo e sfinirci con il racconto del suo lungo passato, mettendo a dura prova anche la nostra proverbiale pazienza ursina.

Si quietò solo quando le furono offerti una morbida e fitta pelle d'orso polare delle Svalbard sulla quale sdraiarsi[*] e quattro pesanti giri di perle con fermaglio di strass per adornarle degnamente il collo. Sfracellata la seconda dozzina di flûte, attaccò con le prime battute della sua lunga saga, ridotta sapientemente a puntate non tanto per giocare sul fattore suspence, quanto per mascherare le falle che la sua memoria cominciava a mostrare.

Nonostante questo, devo riconoscere, sarebbe sempre riuscita a suscitare ondate di ammirazione e di pura invidia tra i frequentatori del nostro salotto e della nostra tavola. E a intratteneci con superbi coup de théâtre durante bellicosi confronti con rappresentanti della specie umana che osavano mettersi in competizione con lei per il ruolo di primadonna. Genere, mi si dice, piuttosto diffuso nella vostra sfera. In particolare, ce n'era una che, quando si trovava a corto di argomenti, credeva di farle dispetto sventolandole sotto il muso i suoi minuti e vezzosi scarpini a punta con tacco a rocchetto misura 35 che lei, pesante ungulata, non avrebbe mai potuto indossare. Una imperdonabile sottovalutazione delle sue risorse e della sua nordica stamina.

---

* si ringrazia sentitamente Orso Flavio di Longyearbyen che, nella modalità full size e con sommo sprezzo del pericolo, si è ursinamente – ma brevemente – prestato a fare da tappeto

ALCE

Era vissuta per lungo tempo in Russia, a San Pietroburgo. La corte imperiale per lei non aveva segreti. I cadetti più appetibili, i giovani conti dallo sguardo tenebroso e dai muscoli tesi, i principi fascinosi dai lunghi nomi e dalle tempie brizzolate, lei li aveva conosciuti tutti. Per lo più, biblicamente. E da loro aveva ricevuto in dono montagne di sete e broccati, diademi, gioielli, servitori di esotiche origini e mazzette di azioni. Nonché baci rubati, carezze segrete, dichiarazioni infuocate e i calci di argento e avorio delle pistole degli amanti uccisi a duello dal rivale.

Per un certo periodo simpatizzò con i menscevichi, il che le diede modo di familiarizzarsi con gli alti ranghi ribelli dell'esercito. A causa di questo, conobbe anche il carcere. Dove continuò a tenere i suoi salotti del giovedì, languidamente allungata su una brandina da campo circondata da spesse cortine di velluto, alla luce di candelieri di cristallo che i secondini avevano rubato per lei, mentre i valletti turchi che le era stato permesso di tenere servivano agli ospiti caviale, blinis e Krug ghiacciato.

Poi, era arrivata la rivoluzione. "Magica, magica, **gluoriosa** rivoluzione d'ottobre" la chiamava. Vi capitò proprio nel mezzo, dopo una lunga assenza dal paese, forse in occasione di un soggiorno in Grecia del quale rifiutò categoricamente di parlare. Al principio non riusciva a capire. Tutto era cambiato. Ville, palazzi e dacie requisiti, il Beluga razionato, le teste dei suoi amanti storici rotolate. Le loro mogli finite a fare le guardarobiere o le sciantose a Parigi. Ma nella città lei fiutava una nuova aria. E, improvvisamente, da ogni dove spuntavano tutti quei giovani, belli, orgogliosi, a testa alta. "*Nuvole in calzoni*"*, come diceva un giovane poeta con il quale aveva intrattenuto una torrida liaison.

Le loro guance erano ispide quanto gli spessi giacconi di pelle lisa, ma sotto nascondevano morbidezze inenarrabili e entusiasmi incrollabili. Quanti pomeriggi passati tra le lenzuola sfatte su umili lettucci di ferro a una piazza, in vasti appartamenti appartenuti alla nobiltà e ormai condivisi da almeno venticinque famiglie proletarie, con l'odore dei cavoli che dalla cucina si infiltrava fin nel materasso. Quanti tête à tête nelle vasche di ghisa dai piedini di leone di bagni un tempo padronali, adesso con le pareti foderate da almeno venticinque ciambelle del cesso, ognuna con appiccicato il cognome della famiglia di spettanza.

Quanti abbracci consumati tra una proiezione e l'altra sulle strette panche di legno dei treni dell'agit prop che correvano tra steppe, tundre e campi. E sotto le tavole scrostate e pericolanti dei palcoscenici, negli intervalli delle pièce rivoluzionarie. O nel rosso fuoco di alcove improvvisate con bandiere a falce e martello, sul sottofondo di una recita di poesie d'avanguardia...

* da *La nuvola in calzoni* di Vladimir Majakovskij

Memorie di un alce

Il mercato dei ladri

Il mio posto preferito in tutta Pietrogrado era il mercato Alexandrisky Rinok. Il mercato dei ladri. Tanti tesori come non se ne trovavano nemmeno nella Costantinopoli dei tempi d'oro. Bukhara antichi e morbide pellicce sui quali consumare languidi tête à tête, calici di cristallo più fini dell'aria, unici contenitori degni del migliore champagne insieme ai più reconditi incavi del corpo degli amanti. Cucchiaini d'argento finemente lavorato per il caviale, coppette cinesi di porcellana quasi trasparente per la panna acida, piattini di Sèvres bordati d'oro zecchino per i blinis. Poi, lampadari dalle gocce iridescenti per sfumare di ombre intriganti le mie numerose serate di passione – soprattutto quando, non essendoci di meglio, toccava ai cosacchi dell'armata di Kerensky. E vassoi interi carichi di gemme, cammei e pesanti collane di ambra. Perle a chili.

Dopo che i bolscevichi presero il Palazzo d'Inverno comparirono casse intere di posate e argenteria, quella dei banchetti ufficiali riservati a capi di stato e teste coronate. Non mancai di fare buona scorta. Ricordo cene consumate nei letti sfatti dei miei deliziosi amanti rivoluzionari: aringhe rinsecchite, pane di segale ammuffito e vodka distillata nel bagno di casa, ma serviti dai corredi con lo stemma imperiale.

Nessuna guida di viaggio ha mai citato il mercato, in un angolo oscuro e poco frequentato della città, un indirizzo che persino i turisti ignoravano. Non così gli stranieri residenti in città. Il console americano era un habitué: trovava disdicevole l'esistenza di un mercato illegale così alla luce del sole ma era dell'opinione che, non trovandosi nel suo paese, la faccenda non lo riguardasse più di tanto. Per questo comprava senza ritegno. Il suo migliore affare fu una pipa appartenuta a Pietro il Grande.

Spesso ci portava gli amici: lo scrittore inglese Somerset Maugham acquistò per una cifra irrisoria due meravigliose pochette ricamate. Me le sfilò letteralmente dalle zampe, con fare tutt'altro che da gentleman. Louise Bryant, un'americana simpatizzante della rivoluzione, si appropriò di un intero corredo nuziale da contadini ricchi, così fittamente ricamato che stava in piedi da solo.

Mi ricordo il pomeriggio quando arrivarono i marinai di Kronstadt, che fecero smantellare tutti i banchetti. Ammonirono severamente i mercanti per la mancanza di lealtà verso la rivoluzione, ma decisero di non mettere in atto nessuna misura repressiva. Si limitarono a pattugliare il mercato per un po' di tempo.

Fu allora che scoprii il più desiderabile giro di quattro file di perle chiuso da un fermaglio di diamanti e zaffiri – che indosso ancora oggi. Quella fu l'unica volta che pagai in natura. (continua...).

Gli anni messicani

Anche il mio entusiasmo stava cominciando a cedere. Dopo la morte di Lenin niente in Unione Sovietica fu più lo stesso, così alla fine decisi di rifugiarmi in Svezia, paese che mi aveva offerto un passaporto e l'intera ala di un castello di campagna. Ma non troncai i contatti con i miei giovani e focosi amanti rivoluzionari. Tanto che quando mi prendeva la malinconia per quelle stanzucce misere che mi ospitavano e il loro insopportabile stile gustaviano – nient'altro che vecchie seggiole e madie dipinte di biacca, patetici divanetti semisfondati tappezzati di una stoffa a quadretti più adatta a strofinacci da cucina e grembiuli da serve – li tornavo a trovare, anche solo per una notte.

Fu intorno al 1936 che incontrai un giovane discepolo di Trotsky. Bello come il sole, dal portamento regale e dalla fede incrollabile nelle sorti magnifiche, progressive e comunque anti-istituzionali. Lui decise di seguire il maestro in Messico. Così feci anch'io.

Ci imbarcammo su un transatlantico. Lui si guadagnò il passaggio lavorando in sala macchine, rovinandosi le belle spalle tornite a trasportare pesanti sacchi di carbone. Io feci il viaggio in prima classe, in compagnia di un argentino proprietario di una bisca a Montevideo, conquistato sulla passerella di imbarco. Il Krug scorreva come un fiume in piena e io ero la regina incontrastata delle feste di bordo. Per le mie belle corna ci furono un paio di duelli passionali e i corpi dei perdenti vennero sepolti a mare. Altri due fui io a gettarli tra i flutti: mi erano venuti a noia.

Nel frattempo il mio giovane trotzkista faceva proseliti tra l'equipaggio. I nostri erano fuggevoli ma roventi attimi d'amore rubati alla notte e alla stampa in ciclostile di volantini rivoluzionari. Il capo cuoco, convertito anima e mestolo alla causa, ci preparava deliziosi stuzzichini voluttuosamente afrodisiaci. Quando arrivammo in Messico venimmo ospitati nella casa di un pittore di affreschi neorealisti dell'entourage di Diego Rivera.

Capii appena la vidi che non sarei mai andata d'accordo con Frida. Tra noi fu subito guerra. Facevamo a gara a chi indossava i più begli abiti contadini ricamati. Vinsi quando feci aggiungere alle maniche sbuffanti della mia tunica campesina qualche manciata di ricami d'oro zecchino in puro stile caucasico. La mia tiara ucraina fece il resto.

Mi feci crescere lunghe trecce, mi misi a dipingere orci di terracotta nello stile degli ex voto, comprai una copia molto sfogliata del *Nuevo Cocinero Mexicano* (*en forma de dictionario*) e presi l'abitudine di farmi trovare al tavolo di cucina intenta a rimescolare il guacamole con aria sognante. A detta di tutti il mio era migliore di quello di Frida.

Lei era furiosa. In realtà, dopo l'iniziale frisson della novità, non vedevo perché mi sarei dovuta rovinare gli zoccoli per maneggiare fetide melanzane, farina di tapioca, peperoni e fichi d'India e ingaggiai una vecchia sciamana del luogo che mi portava i piatti già fatti. Ai quali mi limitavo ad aggiungere petali di rosa a generose manciate e qualche ingrediente ben scelto e di sicuro effetto. O, quantomeno, un effetto che non mancava di cogliere di sorpresa i miei ospiti maschi, ma non certo me. (continua, forse...).

Al trotto sotto i portici sognando le dune

"Tono questa casa **sempre scadere**", si lamentava Lei da tempo, con scatti sempre più nervosi del capo e schiocchi sempre più poderosi del suo magnifico paio di corna dentate. Ma non avrebbe mai potuto immaginare quanto. Un tardo pomeriggio di fine estate, un odore penetrante si insinuò sotto la nostra porta. "Datteri maturi, polvere danzante, stormire di palme, passi di iguana, vesti di beduino, succo di guava", elencò Sconvolto, chillo dalle nari sensibili e dal mestolo sempre pronto.

La chiave girò nella toppa le regolamentari dieci mandate prima che, in compagnia del mio umano di ritorno dal Medio Oriente, facesse la sua comparsa un ciuffetto color paglia, scompigliato con consumata arte da un coiffeur metropolitano ma ormai compattato da una salsedine selvaggia. Sotto la sua ombra, due occhi nerissimi e furbetti e, ai lati, un paio di orecchie di foggia vagamente pecoresca attaccate a una inclinazione bizzarra. Più sotto, un lungo collo peloso, quattro zampe lunghissime, molli molli ma tarchiate al fondo da un paio di Doc Martens 1460. Per finire, una gobba perfettamente formata e decorata in cima da un ciuffetto color sabbia bagnata, anch'esso recante pallide tracce di un intervento da coiffeur metropolitano.

Aurence Cammello, si presentò. O, almeno, lo avrebbe fatto, e in modo abbastanza compito, se Lei gliene avesse lasciato il tempo prima di andare a far schiantare con indomata energia l'ennesima bottiglia di Krug contro lo stipite. Quel concentrato di selvatico, proprio no, non lo poteva sopportare.

Poi, all'improvviso, sollevò il naso per aria, fiutò con circospetta attenzione e parve attraversata da un barlume di ricordo. Brevissimo, ma folgorante. Tutti noi notammo, ma facemmo finta di niente. Più che per la nostra innata discrezione, per la nostra incolumità fisica e morale. Sapevamo dove avrebbe potuto andare a parare la sua mira se contrariata. Non c'era bersaglio che lei mancasse. E, soprattutto, sapevamo dove sarebbero andati a parare i suoi ricordi, che ci avrebbero afflitto per giorni e giorni. Sui morbidi cuscini di qualche esotica alcova e sui loro irripetibili e luridi dettagli.

AURENCE CAMMELLO

"I miei mi devono aver raccontato un sacco di palle", ammise Aurence Cammello, rendendosi conto che date e periodi della sua presunta saga ancestrale non incastravano per niente. Ma, tant'è, così gli era stata raccontata, senz'altro in perfetta buona fede e già di seconda mano, dal padre. Un cammello inurbato di seconda generazione, proprietario di una avviata salumeria del centro storico. Finora aveva sempre condotto una tranquilla vita borghese nel confortevole abbraccio della provincia e non gli era mai passato per la testa di chiedersi perché proprio una famiglia di cammelli dovesse abitare a Reggio Emilia. "Siamo di nobili e lontane origini", aveva esordito, cercando di sbrogliare, senza grande esito, la matassa di quanto gli era stato rivelato non molto tempo prima.

Suo bisnonno, nomade, fiero, selvaggio e bellissimo, era un re del deserto. Tanto che venne scelto per diventare il destriero di Lawrence d'Arabia, pallido ufficiale inglese che amava vestirsi da arabo e prendere su di sé il colore della sabbia e il destino delle sue tribù (anche a beneficio della Corona di Sua Maestà, che tuttavia non gli fu mai eccessivamente riconoscente).

Nel lugubre castello del deserto che Lawrence – o Aurence come lo chiamavano i locali – si era scelto come quartier generale, il bisnonno però languiva, sognando morbide distese di dune e sinuose curve di cammelle dagli occhi di velluto. Forse al suo capitano bastavano le buone letture a lume di candela e la compagnia dei giovani beduini. Ma, a lui, gli veniva da scalpitare.

Peraltro, la sua grande occasione non tardò ad arrivare quando, diversi mesi e parecchi sconvolgimenti storici più tardi, la notorietà gli spalancò le porte. Soprattutto quelle di Istanbul, la Magnifica, e dei suoi locali dove si suonava una musica ipnotica e, tra i fumi del narghilè, si intravedevano le ballerine ondularsi nella danza del ventre. Ma era una porta in particolare a sollecitare il suo interesse. Quella dell'harem, delle stanze proibite del palazzo del sultano, delle quali aveva appreso l'esistenza tempo addietro sbirciando di nascosto nei libri e nelle carte del capitano.

Peccato che, forse a causa della scarsa dimestichezza di mondo e dell'abitudine di non controllare mai la data di pubblicazione, ignorava che tutto questo ormai non esisteva più. L'impero ottomano era sgocciolato via, portandosi dietro intrighi, misteri e spoglie da spartire. Le concubine si erano disperse come rivoli. Ne restavano solo pochissime che, senza casa e senza contatti con i parenti, non osavano varcare la soglia di una libertà piena di incertezze. Un giorno, l'occhio del bisnonno cadde sull'annuncio tardivo pubblicato da un quotidiano che cercava di rintracciare le famiglie delle ultime straniere rimaste.

Lui si innamorò subito degli occhi azzurri della cammella circassa, ancor prima di vederla. La sposò in una sontuosa cerimonia alla quale partecipò un ufficiale del Foreign Office che regalò loro una pendola ammaccata e due sedie Chippendale spaiate.

Fu un matrimonio felice. E l'unico frutto della loro unione riuscì di una bellezza sensazionale, e del tutto consapevole di esserlo. Tanto che, poco più che ventenne, venne ingaggiato da un talent scout americano come modello per il marchio delle sigarette Camel. Più che in royalties – i suoi committenti tentavano regolarmente di infinocchiarlo con improbabili baratti – guadagnò in notorietà e inviti.

Divenne indiscusso protagonista della vita mondana di Teheran e Beirut e, in un famoso night club sulla Corniche, conobbe Farouk, re dell'Egitto, che la sera stessa lo ammise nel suo entourage. Al suo seguito, arrivò a Roma dove impazzava la Dolce Vita. Non c'era locale dove non venisse fotografato, rivista di pettegolezzi nazional-popolari dove non fosse a tutta pagina. Cosa che rendeva Farouk livido d'invidia. Si dice anche che, presa dal suo fascino esotico, una ballerina di night club gli avesse dedicato uno spogliarello che fece epoca, sfilandosi il reggiseno e mettendo a nudo il moralismo imperante.

Ma il destino del cammello, fino allora più avvezzo a inseguire le luci dei riflettori e le lusinghe del sesso con lustrini che il turbinare dei sentimenti, lo avrebbe portato lontano dalla capitale e dalla sua ribalta. Fu qualche anno più tardi, il giorno che arrivò a Reggio Emilia per inaugurare un supermercato.

Era uno dei primi del miracolo economico e, poiché i suoi diritti sulle immagini Camel erano ormai allo stremo e Cinecittà non gli offriva più che qualche comparsata in drammoni storici di infimo livello, aveva accettato di malgrado, tentato unicamente dall'assegno promessogli. Svolse il suo ruolo con la consueta nonchalance: al suo fascinoso sfoderar di sorriso dentato svennero otto casalinghe e il prete chiamato a benedire il locale. Un sottosegretario del Ministero, di straforo, gli fece arrivare un biglietto di profferte amorose e francamente illegali.

La sera, al posto di un invito in un rinomato ristorante, ritirato all'ultimo momento, ne ricevette uno per il circo. Si annoiò quasi tutto il tempo, con lo stomaco gorgogliante, sognando raviolini modellati sull'ombelico delle ballerine turche della danza del ventre. Fino a quando comparve lei, la cammella equilibrista.

Lo stomaco gli si strinse immediatamente. Era amore a prima vista. La stessa notte venne rapita dalla gabbia e la loro passione consumata in una suite del Grand Hotel di Rimini (naturalmente, in incognito). Si sposarono in una chiesetta di campagna sull'Appennino, lei vestita di tulle e con lo strascico, lui con l'abito da cerimonia di un principe del deserto, completo di spada luccicante dall'impugnatura in filigrana tempestata di pietre.

Stabilitisi a Reggio Emilia, condussero una vita tranquilla amministrando con oculatezza i proventi delle ultime royalties, fino a vedere l'unico figlio avviato alla redditizia e rispettabile professione di salumiere. Assicuratisi che la sua mente fosse presa più dal culatello che dai datteri di oasi e dal loro profumo inebriante, si ritirarono nel deserto giordano dove vissero una seconda e intensa luna di miele.

Preso più dalla voglia di integrarsi che dalla curiosità per le sue origini il figlio – che sposò un'aiutante cassiera ingaggiata per il periodo natalizio – chiamò l'unico frutto di quell'unione mista Aurence. Non gli venne nemmeno da domandarsi perché avesse scelto quello strano nome. In qualche modo gli suonava familiare, come se l'avesse sempre sentito o come se fosse autoctono quanto, magari, Adelmo.

Tantomeno se lo era chiesto la signora Cammello, che aveva sempre visto nel consorte un salumiere di successo e un passaporto per la scalata sociale e, nonostante gobba, zoccoli e una dentatura fuori del comune non le pareva per nulla diverso da un qualsiasi possidente della città. Si sa poi che i figli spesso prendono dal padre... e non le sembrava avere niente di strano nemmeno lui.

Passarono gli anni e l'accento del piccolo crebbe acconciamente tondo, i suoi gusti come quelli di un qualsiasi teenager emiliano. La crescenta a merenda, il motorino, la playstation e la discoteca. Il nonno, però, sapeva che nella sua vita c'era un tassello che mancava. Soprattutto negli ultimi tempi, nel silenzio del deserto giordano, aveva ruminato a lungo sul concetto di cammellitudine. Era giusto che il nipote ignorasse completamente le sue origini e appiattisse la sua diversità? Non voleva dire che avrebbe dovuto trasferirsi anche lui nel deserto, ma forse conoscerlo poteva servirgli da molla per fargli capire più in fretta chi – o che cosa – voleva essere. Qualunque cosa fosse.

Così, un giorno che il giovane Aurence si trovava a Linate, in partenza per un concerto di metal rock a Malmö, di straforo il nonno gli fece sostituire la carta d'imbarco. Nuova destinazione, Amman.

Tre rappresentanti della specie umana lo presero in consegna e lo portarono in giro per tutto il deserto, facendogli visitare con sistematica inflessibilità ogni castello e rudere. Lui se ne stava con il broncio e le zampe sempre più molli: non voleva essere un cammello che portava, ma uno che si faceva portare. Sempre con quel culo piazzato sul sedile della jeep, il ciuffo scompigliato dal vento denso di sabbia, lo zoccolo premuto sui tasti del cellulare a mandare messaggini agli amici di Reggio Emilia e le orecchie perennemente intasate dalle cuffie.

L'autista beduino all'inizio non credeva ai suoi occhi, poi cominciò a divertirsi e gli insegnò qualche parola in arabo. Dopo qualche ora riuscivano a comunicare disegnando sulla polvere del cruscotto.

La musica fece il resto. In discoteca Aurence aveva già sentito tutto il repertorio della musica cammella più trendy, fusion tra il rock e le sonorità dei paesi del deserto. Ma lì aveva finalmente capito che cosa lo faceva veramente impazzire: aveva lo stesso ritmo ondulatorio del suo passo. Già, perché nel frattempo aveva anche cominciato a camminare e a volte si caricava un orcio d'acqua o una vecchia batteria d'auto da portare all'accampamento più lontano, mentre mandava messaggini tra dune e palmeti ai suoi nuovi amici.

Alla fine di quella vacanza a sorpresa si era fatto un'idea di dove veniva. Tornato a casa, con i suoi genitori non se la prese più di tanto, non gli importava che non gli avessero mai raccontato come stavano le cose. E comunque, a ben guardare, non ne dovevano sapere molto nemmeno loro. Lui era un qualsiasi teenager di Reggio Emilia, e anche un cammello, e anche un figlio del deserto. E nel deserto non si sa mai dove finisce l'orizzonte. Un'idea che prese piano piano a sedimentare dentro di lui, senza che se ne rendesse nemmeno conto.

Pochi mesi dopo il suo arrivo da noi, quasi per caso, finì ospite riluttante da conoscenti che abitavano in un maso sopra Trento. Dopo la consueta fase di rifiuto iniziale e di zampe molli, fu proprio lì che scoprì quanto le sue Doc Martens 1460 in dotazione permanente fossero davvero *all terrain*. Sapeva che in discoteca erano pazzesche, sotto i portici di Reggio Emilia una strafigata, in spiaggia uno sballo, ma finora la cosa era finita lì. Dapprima, con titubanza, le provò sul prato attorno alla casa, poi sul sentierino sterrato, infine sulle pareti di roccia più scoscese. Andavano una meraviglia. Stranamente, la montagna gli piaceva, tanto da fargli venire voglia di fare scalate. In fondo, roccia, selciato o sabbia, che differenza fa?

Dopo un po' anche i malgaroli della zona, superato lo strabilio nel vederlo aggiungere alla polenta e lardo qualche manciata di datteri presi da una sacca di tessuto nomade che teneva sempre sulla groppa, parvero abituarsi alla sua presenza.

Avviene un'agnizione, ma a senso unico

Come possono essere ingenui gli umani! Una sera una di loro, appena tornata da San Pietroburgo, si presentò a casa nostra brandendo ostentatamente un involto di flannella legato con nastro da regalo. Dall'interno provenivano piccoli starnuti soffocati. Lo srotolò con attenzione e, guardando di sottecchi Alce, ci annunciò con aria di assoluto trionfo "Ho trovato Alcino!". E, in effetti, dentro c'era un piccolo alce, dalle cornina perfettamente formate ma ancora tenere. Ma, perché quel nome proprio? Voleva forse implicare che esistesse un rapporto di parentela con la nostra vecchia maliarda?

La signora, che in quel momento stava scartocciando un cioccolatino belga intarsiato di foglia d'oro, regalo di un antiquario delle Fiandre che teneva sulla corda da qualche mese con la promessa di un weekend rovente sul ghiaccio, ci diede una svogliata occhiata di sotto in su, mentre il suo magnifico paio di corna mandava già impercettibili fremiti.

ALCINO

"È suo figlio!", continuò l'umana impenitente, "È tale e quale lei". Dalle froge si levò un sottile e tagliente rivolo di vapore intanto che il crepitio delle corna si faceva più udibile. Ma la sua espressione rimaneva impassibile, all'apparenza concentrata a ruminare il suo bonbon. Il piccolo le venne avvicinato con una mossa decisa denotante, a occhio ursino, una certa foga naturale accompagnata da una aprioristica sicurezza di vittoria. Il sentore che emanava dalla creaturina, un misto di latte in polvere e minestrina di cavolo stracotta nell'acqua della Neva, sembrava contaminare l'aristocratico dolceamaro del cioccolatino.

Le froge le si contrassero per un lungo secondo prima di riprendere la sua espressione di sublime indifferenza. Si girò appena verso di noi, senza nemmeno degnarlo di uno sguardo. Allora, il piccolo venne sistemato senza troppe cerimonie sul cuscino di velluto rosso cardinalizio dove lei stava mollemente sdraiata. Niente. I tentativi di avvicinamento perseverarono per qualche giorno, ma l'agnizione tardava a venire. E si sa che la pazienza non è una virtù né degli umani tantomeno delle alci.

Alla fine Alcino le venne persino issato sulla groppa, con grave pericolo per la sua incolumità. Tutti noi trepidavamo: già ci immaginavamo il piccolo innocente volare insieme alle flûte. Il coro dei plantigradi a due zampe portanti "Guarda, è tuo figlio" diventava sempre più insistente, con toni fra l'imbonimento da mercato rionale e la tragedia greca. A dispetto del cieco ottimismo degli umani e delle nostre catastrofiche aspettative, Lei aveva deciso di sfidarci tutti. Se ne stava impassibile, facendo le cose di sempre e limitandosi a pettinarsi la barbetta un po' più spesso del solito e con movimenti impercettibilmente più bruschi.

Allo scadere del decimo giorno e all'ennesimo accorato appello alle sue presunte virtù materne, volse lentamente il capo e si degnò di far appena scivolare lo sguardo sulla "cosa".

Poi, con il suo spesso accento russo, pronunciò la fatidica frase: "**Io non accuorta** lui cascato me." Non c'era altro da aggiungere, la questione era definitivamente chiusa. Persino l'umana più speranzosa dovette darsi per vinta e il piccolo venne rimosso dal cuscino.

Sarebbe tornato dritto dritto nell'orfanatrofio di Via Toltoskaya e al suo borsch stantio per colazione pranzo e cena, se non fosse stato per l'intervento del Boscaiolo che lo prese sotto la sua protezione. Un alce norvegese dai bicipiti allenati, vestito con uno spesso maglione bianco e grigio, che arrivava a trovare la signora di tanto in tanto e veniva sistemato in quartierino separato con la Fronda, quegli Ospiti Minori che nessuno si fila più di tanto. La stagionata ma mai domata maliarda faceva mostra di tollerarlo a fatica, salvo i periodi di assoluta magra che le ricordavano i mozzi più foruncolosi dell'Aurora e i cosacchi in libera uscita della sua gioventù. Lui però rimaneva un esempio di fedele abnegazione.

L'aveva conosciuta in un boschetto della Bassa Svezia, quando era ancora una giovane alcetta e, per vezzo e a dispetto delle leggi della zoologia, si faceva già crescere un magnifico paio di corna dentate. La vedeva ancora, come se fosse ieri, avanzare tra le betulle stringendo tra gli zoccoli un cesto pieno di fiori. "*Non-ti-scordar-di-me, campanule che si schiudevano come laghetti azzurri, asperule, eufrasie e rosei sileni*"*. L'immagine stessa dell'innocenza. Fino a che non si appartarono in una

---

* da *L'amante di Lady Chatterley* di D.H. Lawrence

capanna di legno, dove non gli ci volle molto per scoprire che lei e l'innocenza non si erano mai frequentati.

Solo molti anni dopo, e diversi corsi di letteratura per adulti più tardi, però il Boscaiolo capì dove aveva rubato le idee per il suo censuratissimo best seller quello scrittore gallese dall'aria caprina e malaticcia che avevano trovato con le palpebre malamente incastrate in un buco tra le assi della capanna.

Una storia di servitù e riscatto

Ci rendemmo conto che se n'era andata solo parecchio tempo dopo, quando improvvisamente notammo al suo posto una silhouette ritagliata nello smog. Dall'angolo dove stava di solito, sopra due volumoni di storia dell'arte poggiati sul calorifero, la signora Hudson, la nostra governante, poteva sorvegliare quasi tutta la casa, sempre pronta a intervenire.

Era arrivata da noi senza che neanche ci accorgessimo, quasi fosse piovuta dal cielo. E in effetti, in qualche modo lo era, arrivata con un volo di linea da Creta insieme al mio umano al quale era stata affidata da una lady di buon cuore. Aveva con sé solo una valigetta contenente un abituccio a fiori sbiadito e qualche colletto di pizzo, assolutamente identici a quelli che indossava.

In quel periodo, in particolare, a casa nostra regnavano un sicuro disordine e un'assoluta anarchia. Umani che bevevano e fumavano fino alle ore piccole, Alce e quella sua amica molto snob di Lipsi che si nutriva solo di kourabiedes – Kapra Alberta – che rigavano il parquet con gli zoccoli lasciando lunghe scie appiccicose di zucchero a velo. I consueti frantumi di flûte da spalare, le decine di cucchiaini olenti di Beluga da recuperare sotto letti e divani, manoscritti e spartiti sparsi ovunque, pennelli incrostati e boccette di inchiostro lasciate aperte. Le valige, ancora da disfare, ammucchiate nel corridoio e prossime a eruttare cumuli di biancheria – umana e non – irrigidita dall'aria salmastra.

Eppure, lei non pareva lamentarsi, ben contenta di ritirarsi la notte nel lettuccio odoroso di lavanda che si era ricavata nel ripostiglio, tra aspirapolvere, pezzette antistatiche e flaconi di lustrargento.

Il destino al quale era sfuggita era ben più crudele, aveva appena accennato, e lì sentiva al sicuro. Solo ogni tanto, si udiva la sua vocina flebile che dava inizio a una frase con tono di disapprovazione che, da buona inglese, terminava a mezz'aria "That bear......" Era rivolta a Sconvò, il creativo di casa, quello che smestola senza posa e senza ritegno. I suoi piatti, dagli equilibri improbabili ma assolutamente perfetti, emergevano da una specie di buco nero di pignatte incrostate, utensili semicarbonizzati, elettrodomestici impazziti. Il parco stoviglie di casa non gli bastava mai: riusciva a farsi prestare cose da chiunque. E poi, toccava a lei, ripulire, lucidare e restituire tutto. L'arriccia-melanzane, di chi era? E, chi aveva portato quell'infernale scompositore di minestrone? Per non parlare dell'arrotacozze a manovella.

Una volta mi sembrò persino che la signora Hudson, allo stremo delle forze, avesse accennato un gestaccio vernacolare e tipicamente mediterraneo che ogni tanto si vede fare a voi umani, ma mi convinsi subito di essermi sbagliato: non era proprio nel suo stile. Comunque, a suo discapito, devo dire che mio fratello, fondamentalmente buono di cuore, aveva trovato un modo tutto suo per rabbonirla. Infallibile. A metà pomeriggio le faceva trovare una tazza di tè fumante e un piattino di scones caldi, imburrati e farciti di marmellata di medusa. Il tutto servito in porcellana fine e su una tovaglietta in lino di Fiandra con monogramma. Come una vera lady.

Solo in quelle pause, e nemmeno sempre, lei si lasciava un poco andare e raccontava qualche particolare della sua triste storia, come tessere scompagnate di un puzzle (passatempo molto apprezzato nella cultura anglosassone) che mi ci vollero parecchi mesi per rimettere insieme.

LA SIGNORA HUDSON

È inglese. Disperatamente inglese. Il prodotto inequivocabile di un'intera cultura per lungo tempo con gli occhi rivolti all'indietro o, comunque, altrove. Figlia dell'Ottocento, nata dalla fugace liaison clandestina tra una pallida e voluttuosa ultimogenita di un'aristocrazia decaduta di lontane simpatie filoelleniche e un fascinoso indipendentista greco intimo della cerchia di Lord Byron. Almeno così lui amava far credere. In realtà era scozzese, di famiglia disfunzionale e cresciuto negli slums di Glasgow. Alto, bruno e tenebroso, occhi blu, sopracciglia folte, scure e curiosamente arcuate, sorriso accattivante da angelone distratto, dentini aguzzi da furetto. E una parola che incantava.

Inaspettatamente, la piccola orsatta frutto della loro passione venne sù insignificante d'aspetto, corta, roscietta e ricciolina. Oggi indossa un modesto abituccio di cotone a fiorellini con il fondo verde smorto, pettorina, polsini e grembiulino di sangallo candido e un nastro di velluto rosso a doppia mandata per chiudere il collo a ogni tentazione, mai se ne dovessero ripresentare. Con lunghi mutandoni di cotone cuciti insieme al vestito e compattati al pelo delle caviglie. In pratica, non sfilabili.

Quando compì i vent'anni, la madre – priva di mezzi di sostentamento degni di tale nome – decise che anche per un prodotto tanto sciapo dell'unica trasgressione di una vita intera una buona educazione confacente al rango, almeno nominale, era imprescindibile. Senza naturalmente tralasciare un Grand Tour in piena regola, Grecia compresa. Ma l'unica possibilità era offrirla come dama di compagnia a facoltose signore e, destino volle che le dame fossero sempre tutt'altro che sprovviste in senso pecuniario, ma tirchie fino allo spasimo. Così che l'orsetta roscietta, padrona dopo padrona, fu sempre costretta a viaggiare nascosta nei bauli, strizzata tra pezze di lino ben piegate e profumate di lavanda e provviste di gin ottenute dietro prescrizione medica.

Una situazione che la rendeva sempre più dimessa nell'aspetto, con i riccioli schiacciati e l'abituccio leggermente stazzonato agli orli, ma ne faceva una dama di compagnia perfetta. Mai e poi mai avrebbe surclassato in bellezza nemmeno la più *non-descript* delle sue già poco avvenenti ladies.

Un giorno, anzi una notte di luna piena risonante di ululati sinistri e tramestii di gatti, giunse in un tenebroso villaggio irto di torri e alto sopra il mare, in punta a un dito solitario del Peloponneso. La sua lady di turno si era appena coricata su un giaciglio bugnoso dalle lenzuola lise di una stanza con le mura tappezzate di ragnatele mai disturbate da decenni e per questo affittata a una cifra esorbitante. Lei, invece, si dilungò sulla terrazza: la serata in qualche modo le sembrava particolare. La luna rischiarava di tanto in tanto strani movimenti, luci e grida salivano improvvisamente dalla macchia e si spegnevano lentamente, come un'eco che si va a tuffare fra le onde. Fu così che ebbe la sua notte magica. O meglio, complice un bicchiere di retsina con l'aggiunta di due dita di ouzo, l'ebbe il Capratrikò, nota mezza tacca locale che, in mezzo a un cespuglio di ortiche selvatiche, impose su di lei le sue voglie e i suoi afrori disumani.

La mattina dopo lei non ricordava niente, complice il bicchiere di retsina con due dita di ouzo. Il Capratikò invece aveva una memoria di ferro: le disse che erano ormai legati da un vincolo indissolubile e che sarebbe rimasta per sempre nel paese delle torri. Finalmente aveva trovato qualcuno da incatenare ai fornelli della sua taverna in riva al mare, a friggere senza tregua e tra grandi nuvole di vapori puzzolenti pesciolini, polpi, patate, zucchine, melanzane e ceci in pastella.

Almeno mi togliessero di dosso l'odore del Capratikò, pensava lei, pur se da quella notte misteriosa e, tutto sommato, con suo enorme sollievo l'orribile cosa non si era più ripetuta.

Il dubbio o la certezza

Ma, la signora Hudson, l'ha fatto o non l'ha fatto? Questo l'interrogativo che per giorni dopo la presunta data della sua partenza (nessuno se ne era davvero accorto) accese discussioni e sollevò marosi di illazioni.

Diversi umani sentenziarono senza esitazione "Bisognerebbe chiedere al Capratikò". Naturalmente, avevano subito pensato a una sola cosa – quella. Altri, invece, insieme a gran parte dei ruminanti e dei marsuspiali, fecero passare qualche attimo prima di chiedere "Fatto che cosa?". Dubbio più che legittimo. Ma, non è chiaro? Il gestaccio. Quello che mi pareva di averle visto abbozzare un tardo pomeriggio, prima che si ritirasse sull'Aventino (un terzo volumone di storia dell'arte aggiunto ai primi due sopra il calorifero) e si rifiutasse di rendere i suoi servigi.

Come ho già detto, ursinamente quasi mi vergognai di averle attribuito un comportamento così poco british. Ma poi, a poco a poco, cominciarono ad arrivare le testimonianze dirette "Ha fatto, ha fatto assai assai", se la rideva Sconvolto, rimestando una composta di cozze veraci e pancetta sgrassata in brodo di mandorle amare. "E le ho pure sentito dire di andare da qualche parte". Ma, poteva essere un'altra pazzariellata delle sue.

Nordicamente ligio, il Boscaiolo pretese che gli venisse spiegato l'origine etnologica del gesto in questione... dalle sue parti non gli risultava lo stesso. Alce, come al solito, non fece un plissé, troppo presa dalla sua nuova fornitura di Krug e Beluga per occuparsi delle vicende degli hoi polloi.

E io, di fronte a tutta la faccenda di quell'esternazione così vernacolare, mi sono forse risentito? Per niente. Ursinamente, sono rimasto seduto e mi sono messo a pensare.

Spero davvero che l'abbia fatto e ne sono contento. Sì, perché, in fondo, a che cosa serviva il Grand Tour? A far sciogliere quei pallidi prigionieri del self control, a spingerli a esprimere liberamente e in un vernacolo d'adozione le loro emozioni. Come dire a alleggerirsi, scoprendo e facendo propri comportamenti, espressioni e modi di sentire di una cultura diversa. Almeno, per qualche decina di minuti. E, come vedete, nel caso della signora Hudson, ha funzionato.

Finalmente siamo di nuovo in viaggio

Dopo la partenza della signora Hudson, per qualche strana ragione, la nostra casa sembrò farsi più vuota, polvere a parte. Da buon teenager (quasi d'altri tempi, mi verrebbe da dire) Aurence Cammello si era caricato uno zaino sulla gobba e se ne era andato alla scoperta del mondo e di nuovi amici. Ora ci mandava cartoline dalla barriera corallina dove gli era nata la passione per le immersioni, usando le sue due paia di Doc Martens 1460 in dotazione permanente come pesi per la cintura.

Mio fratello, il cuciniere folle, girava per tutti e cinque i continenti tenendo seguitissimi laboratori di cucina sconvolta, molto apprezzati da alcuni critici gastronomici di quelli particolarmente gustosi.

Alce si era trasferita temporaneamente a casa di un'umana che le aveva chiesto di essere indottrinata nel portare a buon fine la cosiddetta ars amatoria, più attratta dalla promessa di forniture supplementari di Krug e Beluga che dall'estemporaneo ruolo di docente. Come condizione la maliarda impose una sorta di jus primae noctis sulle possibili prede e, tutto sommato, non le andò per nulla male. Considerata poi l'età, come ebbe a sottolineare la solita umana primadonna, invidiosissima dei coprizoccoli ricamati firmati da Elsa Schiaparelli, fatti apposta per lei e inadatti a pallidi piedini misura 35.

E io e il mio umano, finalmente liberi di tornare a viaggiare, potevamo chiudere con le regolari dieci mandate la Gran Tana e partire per il nostro consueto primo appuntamento della nuova stagione con il blu dell'Egeo. Al solo pensarlo ci si riempivano gli occhi di mare.

Sull'Isola Grande giù nell'Egeo

Di nuovo maggio, di nuovo in torre. Io e il mio umano ce ne stavamo tranquilli nella stanza più alta della nostra casa sull'Isola Grande giù nell'Egeo, quella che dal mare accoglie con una cinta di mura merlate dalla quale spunta una sontuosa e bizzarra fioritura di palme, cupole, campanili e minareti. Dalla finestra a picco sul porto assaporavamo uno dei rari momenti di mare libero, dopo che navi da crociera, rimorchiatori e natanti di ogni tipo avevano preso il largo, facendoci ridiventare per poche e preziose ore una vera isola. E regalandoci ondate di pensieri liberamente flottanti e colorati di indaco, che amavamo scambiarci inviandoci messaggi-traghetto a ore prestabilite.

Era un momento davvero speciale e di intenso raccoglimento non solo perché ci stavamo godendo il dolce torpore di un lungo e piacevole pranzo in terrazza in compagnia di amici appartenenti a diverse specie, ma soprattutto perché il mio Accompagnatore aveva voluto festeggiare in questo modo l'uscita da una delle sue fasi di solitudine da *armadillo a doppia mandata*. Una condizione piuttosto comune tra voi umani, che mi descrive come essere prigionieri dentro una bolla senza sogni.

Continuavamo a assaporare, schiena contro schiena, altro tenero atteggiamento tipico di noi ursidi nei confronti dei nostri Accompagnatori, quando, all'improvviso, sentimmo un clangore metallico sull'acciottolato. Come se qualcuno stesse trascinando qualcosa di pesante nel vicolo sotto casa scompigliando la secolare serenità delle pietre. Poi, una voce. Inconfondibile. "Ué, papà!". E un infittirsi del clangore, peraltro perfettamente sincopato a ritmo di hip hop.

Lo riconoscemmo all'istante: era Sconvolto, venuto a trovare il padre che viveva sull'isola da tempo facendo l'assistente a un pittore di icone.

Sconvolto sull'Isola Grande

Il suono che sentivamo (non lo chiamerei semplicemente rumore) era quello della sua nuova batteria da cucina, scovata a un'asta on line: un servizio di posate Krupp di 56 pezzi. Ognuno pesava più di una vagonata di cannoni ma, a sentire lui, faceva cose che erano "'na vera poesia", soprattutto le forchette, dai rebbi arcuati che gli ricordavano il forcone di Nettuno. Ci aveva letteralmente farcito il suo ridotto bagaglio (la copia molto stazzonata dell'Artusi) e, quelli che non era riuscito a infilare tra le pagine li usava a mo' di racchette da sci, più o meno, come gli aveva insegnato Aurence Cammello – che nel frattempo si era abbastanza impratichito della montagna ma, preso dalla passione per i nuovi orizzonti, si era dimenticato di sottolineare la necessità della neve.

Io e il mio umano ci guardammo: avevamo capito che la nostra pace era finita. Ma, in fondo, tutti e due avevamo sempre avuto un debole per mio fratello creativo e i suoi guizzi imprevedibili, così decidemmo di scendere per aiutarlo a trasportare la dotazione Krupp e accompagnarlo dal padre. Un

personaggio che conoscevamo bene: ogni sera mangiava seduto allo stesso tavolino all'ombra di un banano in un giardino pieno di fiori e piante che frequentavamo anche noi dove,
giorno dopo giorno, ordinava sempre lo stesso piatto. "'Nu
CAPOLAVORO", diceva, "roba da mangiarsela con gli occhi".

Non potevamo che convenire: era un'insalata di barbabie-
tole, ma non la solita, questa era messa insieme con vera arte
e profonda passione. Il piatto candido faceva da cornice a un
bordo perfettamente tracciato di foglie che correva, come un
lucido nastro verde scuro, attorno un cuore violetto intenso
che si stemperava nel velluto rosato di una salsina allo yogurt,
decorata al centro da un gheriglio di noce che pareva scolpi-
to e stava in perfetto equilibrio. "'Nu CAPOLAVORO" ripeteva
isso ogni sera, in pieno visibilio. E, prima di affondarci la for-
chetta, se la pittava con gusto, ogni volta in uno stile diverso.
Alla maniera delle icone cretesi o delle miniature persiane,
tardofiammingo, astratto, iperealista, costruttivista, postfoto-
grafico, ecc. Tanto che ormai gli era pemesso di lasciare in un
angoletto del giardino pennelli, tavolozza, colori e un vecchio
super8 sgarrupato dei suoi anni da studente.

Va da sé che l'incontro fra padre e figlio di un'unione tanto
gloriosamente mista fu memorabile, ma altrettanto memorabile fu quello tra Sconvolto e la coppia di umani che regnavano in quella cucina fortunata. Subito si slurparono a vicenda
e si piacquero tanto che non si sarebbero più fatti sfuggire
l'occasione per allungarsi una bella slurpata ogni volta che si
incrociavano, anche solo una veloce veloce dietro l'orecchio
quando stavano proprio di fretta. Sconvolto aveva deciso su

due piedi (due zampe, per meglio dire) che, nonostante fosse grato al padre che gli aveva preparato una bella stanzetta decorata con gusci di cozze e ostriche, lui voleva una brandina proprio in quella cucina lì.

La coppia di umani acconsentì immediatamente e con grande entusiasmo. Non solo per gentilezza – di ospiti che si mettevano ai fornelli in quel posto non ne mancavano – ma per la gioia di essere i primi a provare gli esperimenti usciti da quel peloso groviglio di genio e sregolatezza. Purché, gli dissero, la mattina dopo facesse ritrovare tutto a posto. Non solo per amore dell'ordine, ma per custodire meglio il loro segreto. Spesso, tornando a casa verso l'alba, mi capita di vederli tutti e tre attorno al tavolo circondato da pignatte, mestolazzi, fumaioli e arrotatutto, a scambiarsi ricette e assaggi di mezè, gli antipastini alla greca che mio fratello chiama alla maniera sua, i *piattulilli*. Tutti e tre con il gusto della felicità negli occhi.

Il pellegrinaggio della signora Hudson

Gliel'aveva detto l'ultima delle sue ladies, quella che l'aveva salvata dalle grinfie del Capratikò, organizzando un rapimento in piena regola per portarla via dalla taverna in riva al mare, qualche frazione di secondo prima che il pelo le diventasse un distillato di olio rancido dalle troppe fritture – e, soprattutto, prima che al bruto venisse in mente uno sciagurato bis dell'orrenda cosa avvenuta tra di loro anni prima in un giaciglio di ortiche selvatiche – e l'aveva portata a Creta, dove poi l'avrebbe affidata al mio umano.

Su un'Isola piccola un bel po' più giù nell'Egeo, le aveva raccontato, c'era un grande santuario di una figura alata, molto riverita e molto potente, nonostante l'aspetto da ragazzino impaurito chiuso in una corazza di metallo splendente. Uno che faceva lasciar indietro tutti i guai a chi andava in pellegrinaggio da lui a piedi, spazzando con una scopa tutti i venti chilometri di strada dal porto. Uno, poi, straordinariamente generoso ma anche altrettanto permaloso, che non perdonava di non essere ringraziato. E la lady, a suo tempo, gli aveva giustappunto chiesto di rendere la libertà alla meschina roscietta.

La signora Hudson, ligiamente british, si ripromise subito di adempiere al suo dovere. Anche se, va detto, che quando finì a casa nostra, ebbe a chiedersi diverse volte se la fortuna per lei era girata davvero. Qualche dubbio l'ebbe ancora il giorno che la stessa lady la prelevò da sopra i volumoni di storia dell'arte dove si era ritirata negli ultimi tempi e la prese con sé, senza chiederle di fare pulizie, ma imponendole –in un eccesso di cieco ottimismo e aprioristico senso di onnipotenza di stampo tipicamente umano – due orsi maschi come chaperon. Un belloccio in tenuta di aviatore e uno svedese beone e malandrino di nome Olaf. Solo quando si rese conto che i due si erano semplicemente prestati a una compagnia del tutto platonica per compiacere la loro lady, sacrificando non più di qualche serata in giro per discobar, e che non c'era possibilità alcuna che si ripetesse l'orrenda cosa successa con il Capratikò, la signora Hudson decise che era davvero arrivato il momento di ringraziare per la superiore intercessione.

Come ex voto si fece cesellare da un anziano orafo armeno una melanzana d'argento. Arrivata alla scelta della scopa, si trovò di fronte a una varietà sorprendente, da quelle etniche e finto-umili di saggina a quelle ipertecnologiche, rotanti, antistatiche e superaccessoriate. Magari, pensò, ora che i venti chilometri di sterrata fino al santuario sono stati asfaltati, possono andare bene anche quelle, che in più hanno anche effetto lucidante. La scelta fu fatta con estrema cura.

Un poco timorosa, si preparò al primo viaggio da sola della sua vita. Arrivare con un volo charter sull'Isola grande un bel po' più giù nell'Egeo non fu poi così complicato. Ma, di isole minori vicine ce n'erano tante e lei, nella confusione dell'imbarcadero, aveva paura di non riuscire a capire quale barca prendere. Invece, fu inaspettatamente semplice: era una domenica e la maggior parte dei passeggeri che salivano su un certo catamarano portava con sé ramazze di ogni tipo, anche qualche scopa elettrica chi aveva davvero tanto da lasciarsi indietro. Non poteva che essere quello. Dopo un paio d'ore di rollii e beccheggi, con le zampe un po' malferme, la signora Hudson raggiunse il grande santuario bianco, allungato proprio di fronte al molo.

Nella cappella fittamente affrescata e rischiarata dalla luce tremolante delle candele, i fumi dell'incenso, la ressa e il calore le diedero un senso di capogiro e quasi di nausea, soprattutto quando le venne offerta una fialetta di olio santo – aveva giurato di non aver più niente a che fare con quella sostanza che le ricordava il periodo più buio della sua vita. Ma, ligiamente british, la strinse fra le zampe rosciette e se la cacciò nella tasca segreta della sua vestinetta a fiori.

La misteriosa intensità di quell'atmosfera profondo mediterranea, così estranea alla sua natura, l'aveva ormai vinta e fu con senso di sincera riconoscenza che depose la sua scopa in cima alla catasta delle offerte e legò con qualche filo di porro la melanzana d'argento insieme agli altri ex voto. Immediatamente la bersagliarono i flash dei turisti, curiosi di quelle strane usanze e dell'arcano significato di quell'oggetto in particolare, così diverso da pescherecci, cuori, casette, bebé, occhi, gambe braccia e svariati organi interni lasciati dagli altri pellegrini.

Più tardi, in attesa di ripartire per l'Isola Grande, lei vide uno dei turisti passare con la sua scopa superaccessoriata sotto braccio. Aveva appena comprato a un prezzo esorbitante una casetta neoclassica tutta sgarrupata sull'isola, senza nemmeno sapere che per sei mesi l'anno non ci batteva il sole e quella, lo sentì raccontare, gliel'aveva venduta il droghiere in cima alla chora (la città alta, nella parlata locale) a un prezzo fantasticamente maggiorato. D'altronde, gli aveva assicurato, era benedetta.

Viaggi di un alce

Crociera nel Mediterraneo

"**Cuome** essere cambiati tempi!" sibilava Lei agitando nervosamente le corna mentre il veliero inglese appartenuto a uno dei più facoltosi piantatori di canna da zucchero delle Indie Occidentali entrava nel maestoso porto protetto da una cinta di mura merlate dell'isola un po' più giù nell'Egeo. Il marina rivelava ai suoi occhi allibiti una prima fila compatta di yacht da nouveaux riches, tutti dorature e vetri fumé che li facevano assomigliare a giganteschi astucci da cosmetici. Come se non bastasse, completi di elicotteri a pale spianate che promettevano di disturbare i suoi sonni.

Sullo sfondo – orrore supremo! – mostruose pensioncine galleggianti a otto piani che si fregiavano impropriamente del nome di navi da crociera. Niente a che fare con quelle che aveva conosciuto nelle (rispettive) epoche d'oro. E poi, un molo fitto di patetici catamarani semisbrecciati che rigurgitavano un'umanità sudaticcia, sballottata da un'isola all'altra per day trip che non avrebbe ricordato nemmeno in capo a sera. Infine, il colpo di grazia – barcucce a noleggio di plastica rilucente e prive di servants, tristi esiti della crescita indiscriminata della produzione industriale e del mercato dei viaggi di massa. "Sembrare me **puoveri puoveri** bidet" si ripeteva, ripensando con nostalgia ai suoi semicupi a due nelle vasche dai piedini a zampa di leone scolpiti dai migliori artigiani di corte e tempestate di gemme come uova Fabergé.

Il suo anfitrione, il giovane rampollo di una famiglia dell'aristocrazia slava arricchitasi con l'import-export di materiali ferrosi e mangimi, invece – e per sua fortuna – aveva curato tutto fin nei più minuti dettagli, desideroso di imparare da lei alcuni trucchetti d'alcova dei quali aveva scoperto l'esistenza nei diari intimi lasciatigli in eredità da un trisavolo. Le froge della signora si contraevano ritmicamente esalando sottili rivoli di fumo mentre, con la coda dell'occhio, sorvegliava i giovani mozzi in inappuntabile divisa lucidare con movimenti energici e armoniosi gli ottoni fino a specchiarcisi. Yummie.

Un valletto turco – il giovane rampollo non aveva badato a spese e si era servito delle migliori agenzie di comparse – teneva sempre pronto un vassoio con beluga e Krug. Un altro la seguiva portando una scatola a forma di cuore decorata con due corna intagliate dalla quale fuoriusciva un lungo rotolo di carta che lei andava riempiendo di fitta scrittura e che un terzo valletto reggeva come uno strascico. Nelle ultime righe si leggeva "N. 1352. Slitta in piena tundra. Ghiaccio fondere intorno a noi. N. 1353. Vassoio argento massiccio storione Volga, dopo finito storione". L'elenco dei luoghi roventi dove aveva consumato passioni selvagge e innominabili, per lo più con rappresentanti della specie umana che aveva lasciato irrimediabilmente sfranti, imbesuiti e inclini ai più folli gesti di generosità.

Sentiva il bisogno di compilare la lista, sosteneva, per dare il suo contributo alla storia. In realtà, da un po' di tempo la memoria sembrava rivelare qualche piccola crepa. Anche il magnifico paio di corna dentate a volte dava l'impressione di cedere leggermente alla legge di gravità, riempiendo di gioia e malcelata invidia certe umane ospiti di casa nostra. Anche il profilo del mento, a ben guardare, non era più quello di una volta, tanto da farle meditare di aggiungere alla sua collana un quinto giro di perle con rinforzo nascosto.

Tutte cose che sarebbero già bastate a infastidirla ad oltranza, senza bisogno di tutte quelle brutture intorno a lei. Per di più, le parve di veder passare lungo la banchina del porto quell'orso sconvolto che a casa cucinava da pazzo, strizzato in una 500 giallo limone dal portapacchi carico di ingredienti che si muovevano ancora. E, tra la folla carica di ramazze di saggina e scopini di plastica diretta al monastero di un'isola vicina le parve di scorgere un dimesso abituccio sbiadito a fiori addosso a un'orsatta roscietta.

"Io non **puotere** sopportare questo! **Orribile, orribile** vista!" urlò con un gesto drammatico lanciando una mezza dozzina di flûte che andarono a infrangersi sulle teste dei turisti, tra i quali le parve di riconoscere un ciuffetto di peli color sabbia con taglio da coiffeur metropolitano in cima a una gobba da cammello. Nel giro di pochi secondi, lo storico e nobile veliero aveva invertito rotta, puntando verso il porticciolo di un villaggio, le avevano assicurato, di grande e aristocratico fascino dove avevano le loro dimore i discendenti di capitani e grandi armatori.

Erano a mala pena giunti in in vista della costa che lei, con un fulmineo guizzo di memoria, più che riconoscere la terrazza del modesto abituro dove si era consumato il capitolo più ignominoso della sua storia – o, piuttosto, dove non si era consumato – fiutò l'amaro odore della sua unica ma bruciante defaillance d'alcova. Un episodio infausto che ci aveva deliberatamente taciuto e del quale conservava il racconto ben celato nel doppio fondo della sua scatola, insieme a una ciocca di capelli corvini.

Memorie di un alce

Il viaggio in Grecia

Mi ricordo come se fosse ieri. Mancava solo qualche mese alla gloriosa rivoluzione d'ottobre. Tutti ci sentivamo pieni di ansia e di eccitazione, senza capire quale fosse il sentimento più forte. Fu allora che incontrai il conte Serpicovic. Era uno degli ultimi balli di corte, fastosi e forsennati come se di domani ce ne dovessero essere ancora tanti. Lui, lungo, bruno e aitante, vestiva un'uniforme d'alto rango che pareva essergli stata cucita addosso, con non troppo celato intento di rivelare le sue forme scattanti e maschie in maniera prorompente. Mi guardò, fece un sorriso a tuttidenti, mi prese per la vita e mi piroettò in uno dei più magici valzer della mia vita. Mi sembrava che anche le mie corna volassero con lui. In quell'istante decisi che l'avrei seguito ovunque. Ovunque avrebbe potuto garantire i miei standard, quanto meno. La consumazione delle sue avances tardava a venire, ma io lo attesi con un atteggiamento a me sconosciuto, che potrei quasi definire come pazienza, virtù del tutto assente dalla mia indole. Dopo qualche settimana mi disse di voler andar a far visita al ramo greco della famiglia, su un'isola di grandi tradizioni e nobiltà. Subito immaginai alberghi fascinosi, con stuoli di camerieri che scivolavano deferenti al battere di mani di una clientela di aristocratici e spie di potenze internazionali, agenti segreti ottomani dalla pelle olivastra e occhi di velluto, longilinei archeologi inglesi e avventurieri di grande charme che sorbivano bibite ghiacciate e fortemente alcoliche sotto ventilatori dalle grandi pale. Mi vidi circondata da uno stuolo di ammiratori ai garden parties nelle ville più sontuose. Il risveglio fu brusco.

Venni calata da un peschereccio sbrecciato su un'isola di nessun lustro, per guadagnare a piedi e con fatica un antico borgo dove Serpicovic mi condusse non – come mi aspettavo – nella nobile casa di un capitano di lungo corso, bensì in un modesto abituro che una frossini di nome Penelope gli aveva affittato a prezzi modici per servizi personali resi in passato. Era molto più romantico, disse lui, da lì si vedeva il mare. E un albero di limoni diffondeva il suo profumo di paradiso in tutto il cortile. Sì, risposi io, mentre un paio dei più maturi mi cadeva sul naso. Anche in quell'occasione feci finta di niente. Quella notte stessa, corroborato dall'aria di mare, Serpicovic mi avrebbe dimostrato tutto il suo ardore. Ci sdraiammo su un povero lettuccio con un'unica coperta di cotone lavorata a telaio ormai resa semitrasparente dall'uso. Sfinita dal viaggio, mi addormentai, non senza aver stuzzicato senza esito il mio presunto amante guizzante. La stessa scena si ripeté la notte successiva e quella appresso. Non mi accorsi di niente, fino al terzo giorno quando, presa da una botta di malinconia, mi abbassai a versarmi una buona dose di ouzo. Non sapeva di nulla.

Quella notte rimasi sveglia e mi accorsi che Serpicovic, ratto nel buio, si alzava e si serviva abbondantemente, sostituendo il contenuto, già poco alcolico e per me irrimedabilmente nazional-popolare, con dell'acqua non potabile. Fu un grave colpo, ma decisi di attendere. La vista dei suoi muscoli mentre emergeva dalle spume della baia tirandosi indietro i lisci capelli corvini non mancava di riempirmi ogni volta di anticipazione. Gli perdonai l'ouzo annacquato, le stesse melanzane fritte in olio rancido che mi toccavano come colazione, pranzo e cena, l'umiliazione della povertà e le sue protratte defaillance notturne, ma ci fu una cosa – una sola – che per me fu la goccia che fece traboccare il vaso. La garitta. Mi ci avvicinai la seconda sera per soddisfare ordinari bisogni corporali, non del tutto sconosciuti a noi alci. Era un bugigattolo, a malapena adatto per umani della varietà filiforme. Riuscii, con enorme fatica, a infilarmici tutta, zoccoli compresi, ma non potei farci stare anche le corna. Lottai e riprovai, senza successo. Nel frattempo, le manovre erano seguite da tutti i frequentatori della spiaggia sotto casa, una marmaglia di incalliti ficcanaso.

La nostra villa era nascosta alla vista di chiunque, tranne quel particolare locale. Mi rifiutai di sottopormi all'indegnità di un pitale, seppure di porcellana fine e dipinto a mano, calato in tutta fretta dallo scaffale dei tesori della casa di un capitano. Così, come ultima ratio, il falegname del posto ritagliò due belli oblò nella porticina di legno della garitta, dove avrei dovuto ogni volta infilare le corna, che sarebbero rimaste co-spicue e visibili come due trofei a beneficio dell'intera spiag-gia, mezzo paese e tutte le sue male lingue. In più, le corna mi si sarebbero sciupate oltre ogni decenza. Capì di aver toccato il fondo. Feci le valigie e partii per la Russia. Il primo con-voglio non era diretto a San Pietroburgo, ma a Mosca. Nel frattempo era scoppiata la rivoluzione...

La scatola di alce

Contenuto:

— quattro giri di perle di ricambio

— una copia sbiadita stampata a ciclostile di un proclama trotzkista che incitava alla rivolta i lavoratori di un transatlantico di lusso. Scarabocchiato sul retro, un focoso messaggio d'amore dal contenuto impubblicabile

— una ciocca di capelli corvini del conte Serpicovic

— mazzette di assegni, titoli di proprietà e azioni lasciati dagli amanti più facoltosi

— una rivista di costumi e ricami ucraini 1895 c.a.

— un paio di ricette strappate da una vecchia edizione del Nuevo Cocinero Mexicano con annotazioni in matita da occhi a margine

— una limetta d'argento per corna con impugnatura in avorio, per renderle sempre schioccanti e più taglienti delle parole

— una crema ammorbidente per zoccoli appositamente creata da un famoso profumiere francese, una mise disegnata per lei da una couturier surrealista e un paio di similgalosce di raso cinese ricamate a fiori di ibisco

— un buono per una fornitura a vita di Krug e Beluga

3.

Il luogo dove tutto si amalgama

Il giardino delle meraviglie

Ecco, ci siamo, abbiamo pensato all'unisono io e il mio umano, senza nemmeno bisogno di guardarci negli occhi. Ancora una volta un segno inequivocabile, il capriccioso frutto del caso, la mano giusta o il piede sbagliato del Fato, e via disquisendo. Chiamatelo pure come volete ma, insomma, questo ci sembrava proprio uno di quegli eventi assolutamente impossibili da scansare. E, allora, tanto valeva prestarsi.

Alce, la signora Hudson, Aurence Cammello, Avo Arch Sconvolto: visto che anche i nostri Ospiti erano arrivati sull'Isola un po' più grande giù nell'Egeo, uno a insaputa dell'altro, mi si materializzava tra le zampe l'occasione giusta per riunire tutta la nostra sconclusionata e itinerante famiglia. E devo dire che ero contento che potesse avvenire proprio in questo giardino e in questa casa che io e il mio umano amiamo tanto.

Sconvolto, che si trovava già qui da un po', non aspettò due secondi per farsi prestare da un amico la Cinquecento giallo limone e correre al porto a ritirare certi ingredienti "speciali assaje" per la grande agape fraterna che voleva essere il suo capolavoro. Io mi dedicai a incidere su una tavoletta di gesso la piantina della distribuzione delle stanze. I due gustosi umani che regnano in quel posto fortunato si sarebbero voluti mettere le mani nei capelli ma poi, come al loro solito, si fecero prendere dall'entusiasmo e, per propiziare l'avvenimento, prepararono la tradizionale torta dei 7 ingredienti da far benedire nella chiesa in fondo alla via – quella dall'entrata che sembra un garage – e poi distribuire per strada.

Come ogni volta che ci vedeva arrivare con un involto ancora caldo di forno il pope si era già inguattato in una nicchia segreta della canonica, adducendo improrogabili impegni nelle isole minori e lasciando a noi il compito delle benedizioni di rito. Era stato lui la prima volta a dirci che valeva lo stesso e ormai eravamo diventati così esperti che c'è chi chiedeva espressamente di noi perché, diceva, dimostriamo più stile, pathos e compunzione.

I preparativi

Nella grande casa collettiva io e il mio umano ci eravamo riservati la nostra camera preferita, quella piccola dalle pareti color melanzana e la finestra dalla quale si vedono due minareti perfettamente allineati – che ormai viene chiamata l'Orsetta – mentre il resto della sistemazione era stato messo a punto con infallibile precisione. O, almeno, così ci piaceva credere, se non altro per scaramanzia.

A Aurence, che si era portato una scia di nuovi amici di ogni provenienza, avevo destinato la stanza più distante del giardino, in modo che non ammorbassero l'aria lasciando fuori dalla porta il loro repertorio di calzature da teenagers, Doc Martens infangate, trainers semisfondate, infradito tenute insieme con lo spago, sandali tra design & necessità fatti con strisce di copertoni intrecciati a finimenti beduini, e via olezzando.

A Avo Arch Sconvolto, appena arrivato in città per un seminario internazionale sul ruglio sincopato, la camera con l'hammam dove avrebbe potuto trarre ispirazione dalle sonorità dell'acqua che cade, sgocciola, fruscia e scroscia e dallo splacchio delle sue zampe sul fresco marmo bagnato. Spirito rude e indipendente il Boscaiolo, presentatosi con Alcino sempre avvolto nella sua copertina da orfanatrofio, si era subito montato una tenda in fondo al giardino.

I guai, naturalmente, arrivarono con Alce non appena fu accompagnata nella sontuosa suite Imperiale. "Voi non **puotere** fare me questo!" Le sue parole tuonarono stupendamente sincronizzate al poderoso schiocco del bel paio di corna dentate. Si quieterà soltanto spostata nella Bizantina, una camera con un grande letto a baldacchino di fronte a una parete a specchio anticato, in compagnia di una dozzina di casse di Krug e di un prestante giovanotto dagli occhi di brace trascinato a forza, disperato e recalcitrante, da uno dei negoziucci vicini.

La signora Hudson, che al suo arrivo si era immediatamente andata a infilare nello stanzino delle scope, venne così prelevata da un improvvisato giaciglio di panni antistatici e, con sua grande sorpresa, sistemata nell'Imperiale perché qualche volta, come sostengono alcuni "c'è giustizia a questo mondo". O, come dicono altri "quando ce vo' ce vo'".

Ci raggiunsero anche Orso Flavio – che si fiondò subito al bagno turco comunale per una bella lavata – e il cugino canadese, che si teneva debitamente alla larga da porto, pescherie e taverne e teneva stretta tra le zampe una grolla dalla quale trincava a grandi sorsi un micidiale distillato bollente e selvaggiamente alcolico a base di erbe alpine che gli faceva dimenticare all'istante l'esistenza di esseri natanti dotanti di valve, branchie e pinne e dei turni di straordinario al lavoro.

Fin dall'alba del giorno della grande cena dalla cucina salivano profumi da non dirsi, voci, risate e un allegro tintinnio di utensili. Ogni tanto Sconvolto emergeva con un alambicco fumante e il pelo un po' strinato, una collana di patelle decorate da una rugiada di ouzo ghiacciato al collo, una corona di rosmarino glassato in testa. E un sorriso da creatività trionfante. In giardino i tavolini di marmo erano stati uniti e allestiti di tutto punto, come per le grandi occasioni.

La grande tavolata

All'ora stabilita tutti gli invitati, umani, ursini e di altre specie, iniziarono a prendere i posti assegnati con grande cura. Soltanto Alce, emersa in forte ritardo dalla stanza dopo aver mollato la presa sul ragazzotto dagli occhi di brace ormai inservibile, lavorò scorrettamente di garretto (sgomitò, si potrebbe trasporre in termini umani) per sedersi di fianco all'umano più charmant, troppo signore e troppo diplomatico per non darle ascolto. Già all'aperitivo una umana impertinente l'aveva fatta ferocemente intruppare suggerendole che forse era il peso del suo bel paio di corna a renderla sempre così nervosa e che lei conosceva un'alce selvatica delle Ande dalle corna sfilabili che, dopo essersele tolte, diventava cordiale e addirittura paciosa.

A questo punto, per l'incolumità di tutti, Sconvolto si presentò con il primo piattulillo, inventato appositamente per la nostra maliarda. Minuscoli e delicati raviolini di beluga con una pasta così sottile da essere quasi trasparente, accompagnati da una spumosa nuvoletta bianca che lui aveva chiamato, alla maniera sua, scuordalià. Versione ad hoc della *skordalia*, molto in uso da queste parti, una salsa irrimediabilmente nazional-popolare, avrebbe detto lei, adatta più per grevi crocchette di baccalà che per piatti raffinati e a base di *skordo* (aglio, nella parlata locale), olio, aceto e pane raffermo.

La creazione di Sconvolto invece era eterea, con appena un accenno del profumo di quel bulbo da poveracci nobilitato da una lunga marinatura nel Krug e, all'umile pane secco sostituiva un'impalpabile polvere di brioches artigianali arrivate fresche fresche da Parigi con l'aereo privato messo a disposizione da un facoltoso ex amante della signora.

Il vero colpo di genio era poi il mix di ingredienti segreti (spediti da Nonna) che all'istante avevano il potere di farle "scuordà ogniccosa". Tanto che quando l'umana provocatrice tornò alla carica chiedendole perché scrivesse le sue memorie, invece che con la grafia elegante e raffinata che si sarebbe aspettata, con un carattere squadrato, burocratico e privo di grazia le ci volle un po' per far riaffiorare il ricordo delle delizie di alcova del giovane rivoluzionario addetto alla stampa in ciclostile e delle indimenticabili ore passate su improvvisati talami fatti di volantini.

A qualcuno sembrò persino di sentire un leggero sospiro uscirle dalle froge, insolitamente prive di minacciosi rivoli di fumo.

I teenagers sono noti per la fame da voragine, i gusti prevedibili e una scarsa sensibilità nei confronti di ingredienti della tradizione e sapori in purezza. Il babbo di Aurence, proprietario di un'avviata salumeria del centro storico di Reggio Emilia, se ne era fatto addirittura un cruccio, tante le volte che aveva inutilmente cercato di distrarre il figliolo dagli hamburger dal contenuto incerto e dal fast food neo-globale tentandolo con il miglior culatello e le forme più pregiate di parmigiano. Così, Sconvolto pensò di saziare l'impazienza del giovane cammello e dei suoi amici, peraltro tutti piuttosto compiti e ben educati, servendo loro una pizza gigante che faceva il giro del mondo e stuzzicava la loro curiosità.

Su una base di pasta chiattulilla, croccante fuori e morbida dentro come gli aveva insegnato papà suo, aveva messo datteri salati e spezie che somigliavano alla sabbia dorata del deserto, pop corn al succo di palma e gocce solidificate di Afrika Kola a ricordo della vita nelle oasi. Poi mezzelune di crescenta, chips alla Nutella con rinforzo di erbe alpine e una bella spalmata di ketchup alle aringhe, omaggio all'obbligatoria escursione in tenda a Capo Nord, rito di passaggio di ogni generazione che si rispetti.

Nel frattempo, i due gustosi umani che regnano in quel posto fortunato avevano spentolato un piattulillo di loro invenzione, a riprova che la frequentazione con mio fratello aveva colpito nel segno. Squisiti dolmades al profumo di mare: involtini di foglie di vite ripieni di calamari, gamberi e verdure accompagnati da una salsa alla masticha*, accolti da un intento silenzio gustativo seguito da un'entusiastica ovazione a scena aperta.

Di ospiti umani che requisivano la cucina e si mettevano ai fornelli nella casa collettiva non ne mancavano mai, così tre di loro si esibirono in un risottino di aguglie che saltavano sull'onda, seguito da fettine di cotognata in crosta di bottarga di muggine e una trippetta di tonno tagliata fina fina su panforte al pepe rosa intriso di distillato di mirto e mostarda cremonese. La serata pareva decisamente aver preso una piega ittica. Tranne che per il cugino canadese che continuava a sorbire a quattro palmenti da un secchio da mungitura altoatesino decorato con scene bucoliche una densa zuppa di miele amaro, formaggi svizzeri fondenti e tagliatelline di fieno.

Accanto a lui la moglie, invece, si godeva una scrocchiante fritturina di pesce in fuga, quello che sguscia continuamente dal piatto e si deve rincorrere (escamotage per chi non vuole rinunciare ai piaceri della tavola e allo stesso tempo fare esercizio senza soffrire). Solo quando si sorprese a guardare con desiderio il piatto della consorte il cugino osò sperare di essersi liberato dalla spiacevole avversione che l'aveva colpito e che rischiava di rovinare la sua vita professionale e di coppia.

---

* sostanza ricavata dalla resina di un tipo di lentisco, usata anche per aromatizzare piatti e liquori

Per stare sul sicuro se ne ingoiò timidamente una forchettata su una fetta di torta benedetta. Miracolo! Gli parve di scorgere in cielo una processione di salmoni danzanti e una cometa di bastoncini di pesce.

"Lui tuogliere me spine ricci di mare da zoccolo con muolta perizia e concentrazione" ricominciò a rimembrare Alce piluccando con aria svagata l'ultimo dattero dal piatto di Aurence "e io pensare cuosa altro puotere fare lui così e tirare in mia tenda". Si riferiva al pescatore beduino dallo sguardo di velluto, tunica spadellata e splendide mani con unghie orlate di nero di uno sperduto villaggetto sul Mar Rosso che peraltro, prima dell'intimo convegno, lei aveva tenuto in bagno di lisciva per un paio d'ore (stranamente, certe abitudini all'igiene estrema tipicamente nordiche le erano rimaste addosso). Anche a causa della presenza di minori, e per la tutela del buon gusto in senso lato, Sconvolto le mise subito davanti un altro vassoio di blinis e scuordalià ottenendo il suo silenzio giusto pochi secondi prima di ben più sordidi e imbarazzanti dettagli.

Un flebile singulto represso proveniente da un angolino buio sotto il banano rivelò agli ospiti la presenza di Alcino. Un altro indizio era il sentore di cavolo rancido e farina lattea che emanava dalla creaturina, conseguenza della sua povera dieta da orfanatrofio.

Era arrivato il momento di svezzarlo, decise un umano tra gli ospiti che più spesso e con più gusto requisivano quella cucina fortunata, e andava fatto alla grande. Così gli fece una specie di piattino ripiegando una foglia di verza un po' passata, tanto per non farlo sentire all'improvviso troppo spaesato, che riempì con un'abbondante porzione dei suoi più gagliardi bucatini cacio e pepe. Una specialità che gli era valsa il soprannome che lo accompagnava dovunque e che, l'anno precedente nello stesso giardino, complice una generosa spolverata di pepe nero di Cochin, aveva infuocato palato e conversazione di una tavolata estemporanea di una quindicina di umani di tutti e cinque i continenti, in una serata rimasta in caratteri d'oro negli annali della premiata maison. Un ruttino con rigurgito di fiamme che andarono a lambire le cornina tenere del piccolo confermò l'andata a buon fine dell'iniziazione.

Stranamente, i piattini di insalata di barbabietola sembravano prendere tutti la stessa direzione, finendo a un'estremità del tavolo illuminato da una vecchia lampara appesa a un albero dove, tra pigmenti, pennelli, metronomi e corde di bozouki, sedevano il papà di Sconvolto (quello che vive sull'isola e fa l'assistente di un pittore di icone), il suo maestro e Avo Arch Sconvolto. No, anzi, a guardarlo bene quest'ultimo, anche se pareva identico, aveva gli occhi un po' a sghimbescio e una spessa lente che gli serviva per comporre microscopici e delicati ritratti di quella pittorica insalata. Infatti era Grigory, il gemello miniaturista di Avo – che invece stava ballando in mezzo al giardino insieme a un gruppo di orsatte rotanti dell'Anatolia alle quali mio fratello creativo aveva messo tra le zampe un frullatore per un certo suo sorbetto verace di fichi d'India macerati in liquore di cozze.

I gemelli questa sera si divertivano a scambiarsi spesso di posto, gettando nella più totale confusione gli umani, in genere poco abituati a osservare e distinguere i rappresentanti della nostra specie. Il particolare che, a grandi linee, uno suonasse e l'altro dipingesse non li aiutava per niente. Effetto, forse, della riduzione di mosto stufato, cipolla rossa e anguria albina cosparsa su un timballo di alicine adagiato su una culla di ortiche giandujate all'agro, appena portato in tavola da mio fratello. E degli innumerevoli bicchieri di vino, ouzo, soumada e nettari vari che da tempo vagavano per i tavoli.

Il mio umano era raggiante e stava organizzando con alcuni amici un rendez vous d'autunno nella sua casetta color zafferano sulla piccola isola dell'isola in mezzo al Mediterraneo, affettuosamente detta *u schöggiu*.

La serata era un successo, io partecipavo alla sua felicità e brillavo di orgoglio. Sì, questo posto è davvero magico, pensavo, non solo perché si è riusciti a ottenere almeno per qualche minuto il silenzio della "cosa cu 'e ccuorna" ma perché qui, con il passare degli anni, persino il mio introverso Accompagnatore invece di farsi più "*orso*" (bizzarra espressione coniata dalla vostra specie e, se mi si permette, ampiamente confutabile) diventava sempre più sociale.

In attesa dei prossimi assaggi Avo si era lanciato in una digressione in svariati tomi, compresi un paio di sole note e postille, sulle rotondità del ruglio nel periodo tardo barocco, un'epoca di scarsa e poco nota produzione musicale ursina che, personalmente, non annovererei tra le migliori. Più schivo e silenzioso, Grigory aveva riempito un intero album di variazioni cromatiche sui dolmades. Quelli serviti poco prima gli avevano, per così dire, aperto altri occhi.

Un micidiale cocktail di retsina e vodka, quella con gli orsi polari sull'etichetta che i camionisti svedesi usano per scrostare le candele, faceva il suo corso su un gruppetto di orsi corruschi che erano venuti a constatare di persona le incredibili mollezze della vita di noi salmastri e cominciavano a prenderci gusto. Per loro Orso Flavio di Longyearbyen incarnava l'esempio di questa svolta di vita e il piatto che Sconvolto mise loro davanti ne era, per così dire, la traduzione gastronomica. Una tiella incandescente di melanzane affumicate alla torba che somigliava a un vulcano e spandeva lapilli di ragù alle bacche artiche. Accompagnata da una guarnizione di ghiaccioli all'aglio che si scioglievano lentamente come iceberg a primavera, insaporendo sottili cialde di salmone selvaggio e guance di baccalà. Persino il cugino canadese, ormai guarito, applaudì.

I piatti forti

La notte era calda e senza un refolo di vento eppure, improvvisamente, si sollevò come dal nulla una gigantesca ondata di fogli di carta pergamena che si librò in aria volteggiando sui tavoli, imbiancando gli alberi e mulinellando qua e là fino a planare capricciosamente nella fontana, sui piatti e sulla testa dei commensali. Spero che si sia ricordato di farne delle copie, o almeno di numerare le pagine, pensai.

Un'entrata con inciampo del genere non poteva che annunciare l'arrivo del mio nuovo segretario e il volo della stesura definitiva del mio intervento alla riunione ursina plenaria della settimana successiva. "Oops, quasi scarlingavo" esordì Rumi Piede Valgo perdendo la presa anche sull'ultimo foglio. Che fare?, pensai, e – a giudicare dal suo strambo gergo – vai a sapere chi frequenta quando non è in servizio. Pazienza, ursinamente mi presto e me lo tengo così com'è. Secondo la sua job description il mio assistente (di spettanza a ogni Accompagnato con oltre dieci anni di anzianità e l'aggravante di avere un umano particolarmente impegnativo) avrebbe dovuto fare da Puntello Secondario e offrirmi un appoggio sicuro nei momenti critici.

In effetti, era munito di zampe corredate di possenti unghioni in grado di fare presa su qualsiasi terreno ma, putroppo, a causa del suo difettuccio era lui a cadermi sempre addosso e io a doverlo sostenere.

In compenso, era un perfetto correttore di bozze e un infaticabile stanatore di umani in stato di disagio. Non gli sfuggiva mai niente, nemmeno la più impercettibile sbavatura di inchiostro o il più remoto buco nero dove un Accompagnatore potesse andare a inguattarsi. Merito del suo albero genealogico fitto di suricati dai quali aveva ereditato, insieme alla postura un po' rigida, un atteggiamento sempre vigile e un occhio infallibile. E, ad ogni modo, il tradizionale rimedio di un bell'impacco di ouzo – o raki, come sostenevano alcuni ospiti dell'altra sponda dell'Egeo – gli avrebbe rimesso a posto la zampa fino al prossimo incidente.

La signora Hudson, che si era più volte dovuta dissuadere dal mettersi a sparecchiare, stava già arrampicandosi sugli alberi per recuperare le carte sgualcendo il suo abituccio a fiori quando venne fatta scendere a forza e deposta, invece che sulla seggiolina sbrecciata che si era scelta, su una ampia poltrona di velluto ricamata a mano che poggiava su piedi-scultura di vetro color Egeo. Perché intanto era arrivato Sconvolto con i piattulilli dedicati a quella strana roscietta che aveva imparato a apprezzare il gusto del mare, nonostante le ricordasse un capitolo nero della sua vita, mostrava una netta predilizione per il dolce e covava una segreta nostalgia per i cottage gardens del suo paese di origine, le visite giovanili al Chelsea Flower Show e gli album di illustrazioni botaniche da colorare che la madre, aristocratica impoverita, rubava per lei al gift shop dei Kew Gardens.

Su un vassoio di argenteria inglese e stoviglie di porcellana fine che le sue ladies non si sarebbero nemmeno sognate di poter possedere, un tè in piena regola, ma fatto alla maniera sua. Sottili tartine al cetriolo e gelsomino, fragranti Melba toast con sardelle, lavanda e maionese all'iris iberica e scones trapunti di patelle disposti su un'alzatina di zucchero filato decorato da una bordura di piante e fiori spontanei che somigliavano "alla sottoveste di una signora" (nelle parole di una storica giardineria delle parti sue).

In tre ciotole, una spuma di ricci di mare e albicocca verde, una composta di pesce lama e margherite di campo e la sua preferita, la marmellata di meduse che dava al palato quella piacevole effervescenza. In fondo, qualche frisson nella vita ci voleva anche per lei. Nella tazzina, tanto sottile da sembrare trasparente, una infusione di tè rari spolverizzata di polvere d'oro faceva preziose bollicine.

Con la punta di uno zoccolo e le froge pronte a eruttare, Alce controllò che non mancasse nessuna delle sue bottiglie di Krug stivate sotto il tavolo prima di dedicarsi nuovamente al suo diplomatico e charmant vicino. Giusto per non fargli pensare che arrivasse dalle estreme propaggini della provincia tundra e le scarseggiasse uso di mondo prese a raccontare di Parigi, dove aveva vissuto nei lussi e negli agi, mentre le mogli dei suoi amanti russi imperiali erano costrette a fare le guardarobiere o peggio, frequentando la cerchia dei surrealisti. E, soprattutto, i loro danarosi sponsor. E di come non avesse mai potuto sopportare Meret[*], quella svizzerotta dall'aria da cerbiattona che disegnava tavolini con zampe d'uccello e altre idiozie e il suo modo di squadrarle con desiderio la groppa lucente e ben spazzolata che avrebbe voluto usare per gli stupidi servizietti da tè in pelliccia che la resero famosa.

Più che rivalità la loro fu una lotta senza quartiere. Figurarsi, raccontava Lei aspirando una sigaretta di tabacchi rari e spezie esotiche da un lungo bocchino d'avorio, la "**puovera puovera** illusa" avrebbe fatto carte false per poter "*camminare nel paesaggio dell'immaginazione*" (frase che amava ripetere a mo' di mantra) indossando i coprizoccoli ricamati trompe l'oeil

---

[*] Meret Hoppenheim, *Le Déjeuner en forrure* (1936), tazza, piattino e cucchiaino ricoperti di pelliccia di gazzella cinese, esposto al Museum of Modern Art di New York

che Elsa Schiaparelli le aveva disegnato in esclusiva per fare pendant con il paracorna di feltro con una poesia autografa di Cocteau. Un altro piattino di scuordalià e in breve in quel pezzo di tavolo tornò il silenzio.

Giusto in tempo per la performance di mio fratello dedicata a Avo Arch Sconvolto, ai musicisti di ogni specie presenti e allo splendido umano con la barba candida e una gamba di titanio, nostro consulente gastronomico e coordinatore del lato canoro della serata, che – con altrettanta passione – cantava e schitarrava mentre continuava a sorvegliare la cottura del ragù di cinghiale per la festa in giardino dell'indomani.

Un assemblage da gustare con gli occhi, il palato e le orecchie, in una sequenza prestabilita ma, in omaggio al principio del libero arbitrio, non vincolante e perciò suscettibile di infinite e sorprendenti rielaborazioni creative. Prima, un cucchiaino di polpa di ricci su sospensione di alghe all'anice stellato da far tintinnare a piacimento contro la scodella di granita di foie gras che, mano a mano che si svuotava, dava sonorità diverse e, capovolta, si trasformava in timpano. Le bacchette, grissini di pinoli al pesto di rosolio, nei vari stadi di morsicazione davano interessanti modulazioni di *scroc & ting tong*. L'ultimo pezzo, infilato in una sfera di crosta al basilico ripiena di uova di persico liquidificate, diventava il bastoncino di un sorbetto caldo che, aprendosi, esplodeva sulla lingua con una serie di *plop*, *swirl* e *swish* e, a contatto con uno spray gelato di passata di favette al profumo di tunnina vanigliata, produceva una schioppettata di *zing* dagli accenti salsi.

Non si era nemmeno arrivati al terzo passaggio del piattulillo che la jam session non aveva più confini e coinvolgeva
tutti, compreso la Pterodattylus Airline al completo, rimasta
a terra per una vertenza sindacale, che con i suoi strepiti riusciva a coprire le cacofonie ormai inconsulte dei corruschi.
I pittori muovevano i pennelli a ritmo di musica, le orsatte
dell'Anatolia roteavano nelle ampie gonne colorate, le cantanti di rembetiko snocciolovano grandissimi dolori e piccole
gioie, i due umani che regnano in quel posto fortunato balla-
vano insieme mangiandosi con gli occhi. Qualcuno riusciva
persino a alzarsi di qualche centimetro in levitazione.

Avo Arch Sconvolto teneva il registratore acceso per non
perdere nemmeno una battuta e pensava già agli scaffali che
avrebbe dovuto aggiungere per far posto all'ultimo capitolo
della sua opera omnia. Il papà di Sconvolto riprendeva tutto
con il super8 dei suoi giorni da studente, quello che gli era
permesso di lasciare dietro un'aiuola di rosmarino.

L'atmosfera perfetta per introdurre il sorbetto finale, pensato per sciaquare palato e cervello, una sifonata di fresco limoncello riscaldato da accenti di noce moscata e racchiuso
in un involucro di liquirizia fondente. Chi slurpava, chi ar-
meggiava di cucchiaino, chi si intrideva la punta della zampa,
delle dita o dello zoccolo per un'esperienza multisensoriale,
chi se lo metteva in tasca perché sarebbe venuto buono nei
tempi magri. Aurence Cammello, impegnato a provare pinne
e maschere da snorkeling prestati da una simpatica insegnan-
te umana che aveva passato metà della sua carriera nelle isole

minori, lo distribuiva agli amici, spalmato sugli obbligatori panini di polistirolo al sesamo.

In crescendo

Ma, improvvisamente, tutti rimanemmo con il respiro a mezz'aria. Sopra il silenzio si alzava, perentorio, misterioso e ipnotico, un rullio che si faceva sempre più vicino. Lo seguiva un frusciare come di passi vellutati che solo i pochi Orsi Uditori presenti riuscirono a distinguere chiaramente fino a che, in cima alla scala che sale al giardino comparve una imponente sagoma scura dalla posa plastica che teneva fra le zampe – inequivocabilmente ursine – un tamburo di osso di narvalo finemente lavorato. Il portamento elegante, il bagliore di giaetto degli occhi e la lucentezza del pelo mi parvero in qualche modo familiari.

"FRESCH'ALL'ANEMA, PER LA BARBA DI S.ONOFRIO, ARKOUDITZA MIA!" esclamò in tutta policromia l'assistente del pittore di icone (il quale, a sentire la singolare espressione del suo allievo sorrise seraficamente stringendosi nelle spalle e librandosi, come suo solito, al di sopra delle regole di etichetta imposte dalla cosmologhia). "SÌ 'NU FIORE, OMORFA SEMPRE CCHIÙ!" L'amatissimo super8 naufragò ribollendo nella scodella del dessert. "EH, CHISSENE IMPUORTA" fece lui.

Io e Sconvo' ci guardammo estatici: nostra madre! Era qualche anno che da lei ricevevamo lettere calde di affetto, ancora surgelate e leggermente odorose di grasso di foca, con il timbro di Quaqtaq. Uno sperduto villaggetto Inuit oltre il circolo polare, quasi in punta a una penisola allungata come un dito solitario nello stretto di Hudson. Ultimamente ci era capitato di averla vista ritratta in enigmatiche e poderose sculture di serpentino che si vendevano a caro prezzo e si dà il caso che poco tempo fa, passando per il Quebec e senza conoscerne la storia, il mio umano ne avesse trovata una che, a detta sua, gli parlava e l'avesse portata a casa.

Perché per il nuovo compagno di mamma, pescatore di capesante ma anche scultore di talento e appassionato studioso di riti sciamanici, quella meravigliosa e esotica orsa dalla pelliccia scura odorosa di macchia mediterranea, come dalle loro parti non se ne erano mai viste e annusate, era diventata modella e musa ispiratrice. Benché discendesse da una dinastia di specialisti, solo attraverso di lei era riuscito a imparare tutti i segreti del trasformarsi da orso a umano e viceversa e dell'arte, ben più difficile, di essere un po' tutti e due insieme.

In omaggio all'incontro dei loro mondi e di almeno una dozzina di altri ancora da scoprire e in abbinamento alla sporadica quanto indispensabile necessità di un reddito, i due avevano pensato di mettere in piedi un corso di giardinaggio neosciamanico. E di trasferirsi da noi, dato che dalle parti loro la flora spontanea era piuttosto scarsa e i profumi, alghe in decomposizione a parte, si sentivano appena.

A questo punto, mi venne da pensare, visto che a casa saremo in tanti e che non posso scommettere sulle possibili dinamiche di gruppo all'interno della nostra stravagante famiglia, spero che la signora Hudson sia disposta a dimenticare i trascorsi e voglia tornare a farci da governante. Se non altro, ognuno sarebbe riuscito a ritrovare la propria valigia.

Ma ero anche immensamente felice per il mio Accompagnatore che ora, con la determinante presenza di nostra madre, si sarebbe assicurato un'ulteriore livello di protezione ursina. Cosa che senz'altro gli sarebbe stata d'aiuto per gli inevitabili momenti contropelo. Quelli che lui – un lucido disincantato ma entusiasta di fondo che non sopporta di vivere in un mondo solo e si trova sempre in controtendenza con il principio di realtà – affronta di malavoglia e con fatica.

Prima che si sollevi un coro di umani sbadigli (ma, ormai, dovreste esservi abituati alle mie occasionali incursioni nella ridondanza) mi riservo di continuare a discutere la questione nei suoi risvolti tecnici e filosofici alla nostra prossima riunione plenaria che – mi ricorda incespicando il mio segretario – si terrà tra un paio di giorni in una località segreta.

Sconvolto e il papà suo, dopo un inziale "Uua'!" di sorpresa si erano messi a confabulare tra loro prima di sparire in cucina con la cassetta degli attrezzi, una manciata di incenso, una dozzina di fialette di essenze e il prezioso arrotacozze a manovella, uno schiaccianoci edoardiano a vite con manovella a forma di timone che mio fratello aveva trovato da un paio di amiche antiquarie a Londra e opportunamente adattato. Dalla finestrella che dava sul giardino si levavano fumi, profumi e una colorita rosa di espressioni vernacolari assaje (per dirla alla maniera loro).

Quando i due riemersero, con lo stesso sorriso da creatività trionfante, porsero a mamma il loro omaggio. Un nuovo tamburo, fatto alla maniera loro e, come ci tenevano a puntualizzare, multifunzione. Da un lato era lucido lucido e ci si poteva specchiare, per darsi una sistematina in qualsiasi momento, dall'altro sembrava una sorta di lecca lecca gigante, aromatizzato con erbe segrete fornite da Nonna Nuragus, che poteva tornare utile per missioni speciali e riti complicati assaje. Ma rimaneva pur sempre uno strumento musicale che, percosso con un osso di seppia gigante, produceva sonorità mai udite e dense di possibilità.

Siamo davvero in punta di una gran bella serata, pensai, incrociando sguardo e mente con il mio umano, una gloriosa meticciata di mondi diversi. Il giorno dopo, e per scelta concordata, avremmo preso ognuno il nostro aereo, lui per la casetta color zafferano sullo schöggiu e io per la nostra Città di Mezzo. Sì, per me era giunta l'ora di riprendere compostezza e solennità, indossare nuovamente i miei mantelli di velluto e raccogliere i miei quaderni di brossura fitti di note.

Ma entrambi sapevamo che non saremmo mai stati separati. Non solo perché, come tutti gli Accompagnati (o, se preferite, Custodi o altro), io veglio continuamente e, sia in modalità *full size* sia in *portability*, mi servo degli oblò di accesso rapido per raggiungere la sua sfera. O perché il mio Accompagnatore, con il suo invito permanente per il mondo ursino poteva andare e venire a piacimento. Ma perché quando si è Accompagnati si è, per scelta reciproca, distinti e intrecciati, si vedono le cose con gli occhi dell'altro e ci si scambia la voce.

Sulle corde in fondo al giardino si vedevano i nostri panni e quelli dei nostri ospiti garrire briosamente all'alzarsi di un promettente maestralino, irrigiditi dall'aria della notte e inequivocabilmente olenti, certamente più rinfrescati che lavati. Tanto, pensammo all'unisono io e il mio umano, ormai che importanza ha? Salso per salso, tutto mare era e quell'ombra odorosa ci avrebbe seguito dovunque perché, come dice il ritornello della nostra canzone preferita "*Noi che odoriamo di salmastro, siamo delle isole*". Anche i bagagli, decidemmo osservando quella festosa accolita di personaggi, pelosi o meno, potevano aspettare.

Il gran finale

Ci rimaneva solo un'ultima cosa da dire: *pame*! (andiamo, nella parlata locale). In un attimo fu tutto uno scalpiccio, un brusio, uno scricchiolar di sedie.

Il primo ad alzarsi fu il nostro amico dalla barba bianca che, finito di rimestare il ragù di cinghiale e posata la chitarra, con una spinta abilmente calcolata della gamba di titanio si levò in aria senza un attimo di esitazione, leggero come una piuma e rapido come una scheggia, seguito dalle orsatte del rembetiko, dalla coppia di umani che gestivano quel giardino fortunato, sempre abbracciati, dal pittore di icone con tutti i suoi assistenti. Poi toccò alla signora Hudson, piuttosto sorpresa e forse anche un poco impaurita dalla novità che, per rinfrancarsi, si attaccò da una parte alla zampa di nostra madre, dall'altra all'inseparabile mestolo di Sconvolto.

Rumi volò appresso ai suoi fogli, le orsatte rotanti dell'Anatolia si presero sotto braccio un po' di ospiti umani, come fecero anche gli orsi Musicisti e Uditori presenti. E così via, uno a uno, fino a formare nel cielo una lunga catena unita per mani, zampe e zoccoli. Quegli che proprio non se la sentivano di staccarsi da terra se li caricarono nelle sacche i pterodattili, che chiudevano la formazione. Insolitamente in un compunto silenzio, tanto che ai loro passeggeri sembrava di volare in aliante.

Io e il mio umano attendemmo che fossero decollati tutti prima di dare un'ultima occhiata al nostro amato giardino delle meraviglie e unirci ai due capi di quella lunga e variegata scia che lentamente prendeva quota ondeggiando sopra la cupola dell'hammam, si librava in cerchi concentrici sempre più ampi, insinuandosi morbidamente tra campanili e minareti, oltrepassava la doppia cinta di mura merlate, il porto e puntava in direzione dello stretto braccio di mare dove oriente e occidente si fronteggiano.

Continuando a salire si aggiunsero diversi umani che si erano persi nello spazio vuoto tra i mondi e non riuscivano più a orientarsi, oltre a qualche esemplare di specie diverse che aveva deciso di fare una puntata esplorativa nella vostra sfera. La cordata era diventata così lunga e colorita che vi può persino essere capitato di vederla in cielo, in qualche giornata particolarmente tersa. Naturalmente, chiunque di voi ci volesse raggiungere potrà farlo, in qualsiasi momento. Come nostra consuetudine, daremo il nostro benvenuto a tutti. Perché, come sapete, sopra ogni cosa ci fa sempre piacere farvi felici. Ursinamente.

Indice